희망 특파원,
세계를 가다

이충형 지음

희망 특파원, 세계를 가다

초판 1쇄 인쇄 : 2023년 12월 30일
초판 1쇄 발행 : 2024년 1월 5일

지은이 : 이충형
교정 / 편집 : 이수영 / 김현미
표지 디자인 : 김보영
펴낸이 : 서지만
펴낸곳 : 하이비전

주소 : 서울시 동대문구 하정로 47(신설동) 정아빌딩 203호
전화 : 02)929-9313

신고번호 : 제 305-2013-000028호
신고일 : 2013년 9월 4일
주소 : 서울시 동대문구 하정로 47(정아빌딩 203호)
전화 : 02)929-9313
홈페이지 : hvs21.com
E-mail : hivi9313@naver.com

ISBN 979-11-89169-76-3

* 값 : 15,000원

희망 특파원, 세계를 가다

이충형 지음

하이비전

세상의 처음과 끝을 찾아

나는 글쟁이가 아니다. 방송기자를 업으로 살아왔으니 굳이 직업으로 따지자면 말쟁이라 할 수 있다. 하지만 천성이 말에 재간이 있는 사람이 아니어서 좌중에서 내가 하고 싶은 말을 꾹꾹 참다가 나오는 적도 자주 있다. 자신을 드러내는 걸 꺼리는 성격인 듯하다.

오랫동안 나는 글을 쓰지 않았다. 애써 읽지도 않았다. 잃어버린 언어들이 이따금 나를 부를 때도 나는 애써 외면했다. 그 실어증의 시절에 나는 기자를 했다. 온 세상을 쏘다니며 수많은 사람을 만났다. 세상을 가졌다고 생각했지만 내게 남은 세상은 없었다.

"기자는 기사로 말한다."

우리가 살아가는 시대를 기록하는 것을 나의 소명으로 믿고 살아왔다. 세상을 향해 하고 싶은 말들은 뉴스를 통해 발산된다고 생각했다. 하지만 그것은 오산이었다. 내가 하고 싶은 말들은 보이지 않는 전파를 타고 공중으로 흩어졌고 그뿐이었다. 세상은 바뀌지 않았고 우리는 화면을 스쳐 지나가는 한 점, 한순간으로 환원될 뿐이었다.

돌이켜보면 나의 인생은 얼치기로 살아오는 길이었다. 어느 한 곳에 외곬으로 머물지 못하고 끊임없이 다른 길을 찾아다녔다. 정처 없이 떠도는 보헤미안처럼 무엇 하나 완성하지 못하고 '경계인'처럼 방랑하고 있는지도 모르겠다. 밤하늘에 떠도는 별빛을 쫓아다닌 소년이 밤사이 아무것도 붙잡지 못한 채 동이 트는 걸 보는 셈이다.

유년 시절, 좁디좁은 다락방은 내가 세상을 꿈꾼 '소우주'(mikros kosmos)였다. 세계의 모든 영혼이 생명을 불어넣은 플라톤(Platon)의 소우주처럼 내 유년의 다락방은 모든 나의 영혼이 꿈틀거리고 살아 움직이는, 작지만 거대한 공간이었다.

그곳에는 없는 것이 없었다. 한구석에는 쌀가마니 속에서 희고 작은 쌀벌레가 꾸물거렸다. 또 한 구석에는 천장에 닿을 만큼 책들이 쌓였다. 누런 책장마다 좀이 슬면서 쿰쿰한 냄새가 다락방을 가득 채웠다. 나는 그곳에서 삼중당 문고를 읽었다. 책을 읽다 그 창가에 기대 낮잠에 들기도 했다. 중학교 운동장이 내다보이는 작은 창문도 나 있었다. 여름이면 매미 소리와 함께 창가의 느티나무 그늘이 다락방 안에 점령군처럼 들어왔다. 그해 여름, 피리를 불면 그 소리가 세상을 행해 나가는 팡파레처럼 울려퍼졌다.

그곳에서 나는 세상 어느 곳이든 갈 수 있었다. 미국도 가고 지중해의 쏟아지는 햇빛도 내가 주인이었다. 밤이 깊어지면 다락방 바깥은 다른 세상이었다. 무수한 별들이 눈송이처럼 흩어지는 은하수를 바라보며 나는 잠이 들었다.

많은 시간이 흘렀다. 다락방의 소년은 어른이 됐고 그곳에서 꿈꾸던 세상을 특파원이 되어 원 없이 돌아다닐 수 있었다.

프랑스 유학 시절, 파리 생제르맹 데프레의 좁은 골목길을 정처없이 산책 다니듯, 방랑과 탐험의 세월은 꿈속에처럼 아련하게 지나갔다. 때로는 파리에서 안개 자욱한 거리를 지나 에펠탑으로 걸어갔고, 페르 라 쉐즈(Père-La Chaise) 공원묘지에서 프루스트와 쇼팽의 무덤을 방문하기도 했다.

아프리카 세렝게티의 대초원에서 말을 달리고, 이집트 피라미드 앞에 서서 5천 년 전 파라오의 이름들을 호명하기도 했다. 지진으로 수십만 명이 숨진 중남미 아이티의 흙담 길에서 가족 잃은 어린이들의 절규를 듣기도 했다. 나는 근 20년 동안 전 세계 사방팔방을 쏘다니며 새로운 사유와 새로운 가치를 찾아다녔다.

아무도 모르는 어느 이방의 길거리에서 나는 무엇을 찾았던가.

침묵의 시간은 길었다. 세상을 섭렵하고 다니면서 어느 때부턴가 나는 내 몸에서 두드러기처럼 돋아나고 있는 말의 뿌리들을 생채기처럼 보듬기 시작했다. 나를 짓누르고 있었던 젊은 시절의 어두운 겨울바람, 뭉크의 절규와도 같은 정지된 캔버스에서 해방되고 싶다.

나는 내 몸속에 내가 무겁게 업고 있는 또 다른 나를 내려놓으려고 한다. 좀 더 가벼워지기 위해. 기자, 언론인이 아니라, 루소가 말하는 자연인으로 돌아가 거추장스러운 옷들을 내려놓으려 한다.

그래서 유년 시절, 좁은 다락방에서 내가 꿈꾸었던 세상, 이제는 그것을 통해 바라본 세상에 대해 담대하게 이야기해 보려고 한다. 내 살갗 위로 돋아나 살아 숨 쉬고 있는 언어의 싹들을 더 이상 감출 수 없기도 하지만, 내게도 세상을 향해 외칠 수 있는 용기가 생겼기 때문이리라. 나는 이제 3인칭이 되기로 했다. 그래서 여름날이면 소나기를 맞고, 사나운 바람이 부는 겨울, 밤눈을 맞으며 돌아갈 것이다. 내 유년의 가슴이 뛰던 어느 골목길로….

돌이켜보면 나의 인생은 '얼치기'로 살아온 길이었다. 외곬으로 어느 한 곳에 머물지 못하고 늘 옆길로 빠져나왔다.

대학에서 불문학을 했으면서도 어두운 시대를 탓하며 불어를 한마디도 안 하고 졸업했고, 사회과학을 해보겠다며 대학원에선 정치학을 했다. 대학 때도 공부하지 않은 불어를 기자 생활하면서 독학으로 공부해서 프랑스에 유학을 다녀왔다. 박사과정을 마쳐놓고도 기자생활을 버릴 수 없어 결국 박사논문을 완성하지 못한 채 한국으로 돌아왔다.

정처 없이 떠도는 보헤미안처럼 내 인생은 무엇하나 완성하지 못하고 '경계인'처럼 방랑하고 있는지도 모르겠다.

CONTENTS

2장　　기자의 눈으로 본 얼룩진 세계

1장

희망을 찾아 떠나는 여정

불멸의
영혼,
고흐의 마지막

고흐를 만나면 무슨 말을 할까?

오베르(Auvers) 가는 길.

파리를 벗어난 A15 고속도로는 북쪽으로 내달린다. 구름 한 점 없는 코발트 빛 하늘에서 햇빛이 와르르 쏟아진다. 눈이 부시다. 차창 밖, 노란 유채꽃이 흐드러지게 핀 들판으로 고개를 돌리면 정신이 아득해진다.

노란색은 고흐가 가장 사랑한 색이었다. 고흐가 한때 머물렀던 프랑스 남부 프로방스 지방도 해바라기밭이 지평선 끝까지 펼쳐진 곳이었다. 이렇게 짙은 노란빛 물결은 예술적 영감의 원천이자, 그를 미치게 만든 광기의 원천이었다.

오베르 쉬르 우와즈로 가는 길이다.

파리에서 북서쪽으로 30킬로미터 달리면 나오는 작은 마을. 차로 30분 안에 닿는다. 유학 생활을 할 때도, 파리 특파원으로 있을 때도, 나는 시간이 날 때마다 바람처럼 차를 몰아 이곳을 찾았다.

오베르 쉬르 우아즈(Auvers-Sur-Oise)는 '우아즈 강가에 있는 오베르 마을'이란 뜻이다.

우아즈 강은 프랑스 여느 강들처럼 작다. 파리의 센 강이 한강에 비하면 개울에 불과한 것처럼 유럽의 강들은 대부분 강폭이 좁다. 나는 주말이면 우아즈 강변의 작은 오솔길을 따라 산책을 하고 조깅을 했다.

우아즈 강가에 깃든 오베르 마을은 고즈넉하고 아름답다. 시간은 멈추어 있다. 이 작은 마을이 세상에 알려진 건 어느 가난하고 불행한 화가의 영혼이 남아있기 때문이다. 37살의 젊은 나이에 스스로 생을 마감한 천재 화가, 빈센트 반 고흐. 그가 생애 마지막 70일을 살았던 곳이 오베르였다.

프로방스 지방의 아를(Arles)에서 고갱과 다툰 뒤였다. 스스로 자신의 왼쪽 귀를 자른 고흐는 생레미 정신병원에 입원하기도 했다. 그가 오베르로 거처를 옮긴 것은 유일한 후원자이자 동생인 테오(Théo)의 권유 때문이었다.

'오베르는 정말 아름다워… 정말로 그림 같은 전원이 펼쳐진 진정 아름다운 곳이야'라고 테오에게 편지를 보냈을 정도로 반 고흐는 오베르를 좋아했다. 오베르는 고흐의 최후의 피안(避岸)이었다. 이곳에서 마지막으로 보낸 70일간 고흐는 무려 80여 점의 유화를 완성한다.

'붓이 내 손가락에서 떨어져내릴 것만 같다'고 테오에게 편지를 쓸 만큼 미친 듯이 그린 그림이었다. 그리고 어느 여름날, 자신의 가슴에 권총을 겨눴다. 도대체 이곳에서 무슨 일이 있었던가?

고흐의 마지막 다락방

오베르 시청 바로 앞에 라부 여인숙(Auberge Ravoux)이 있다. 고흐가 70일간 하숙하며 머물렀던 곳이다. 아직도 그가 머물던 방이 그대로 보존돼 있다. 주인을 잃은 채. 초록빛 담쟁이 덩굴이 덮인 건물 외벽을 따라 계단을 올라가면 5번 방이 나온다. 고흐의 방(La chambre de Van Gogh)이다. 지붕 바로 아래, 다락방이다. 당시 고흐는 월세 3.5프랑의 하숙비를 내고 하루 한 끼를 먹는 조건으로 이 방에서 지냈다.

바깥으로 창이 하나 나 있다. 고작 2평 남짓한 조그만 방이다. 덩그런 철제 침대 하나가 놓여 있다. 나는 지금 그의 그림 〈노란 방〉에 들어와 있다. 침대 옆, 작은 의자는 여전히 외롭다. 조심스럽게 의자를 만져 본다. 그는 이곳에 앉아 무엇을 그렸을까. 돈이 없어 모델을 구할 수 없었던 고흐는 이 방에서 하숙집 딸, 12살 아들렌느의 초상화도 그렸다.

우아즈 강변으로 걸어 내려온 나는 조그만 카페에 들어갔다. 에스프레소 한잔을 시킨다. 시간이 느리게 흘러간다. 붉은 제라늄 꽃이 흐드러진 카페 테라스에 앉아 고흐가 동생 테오(Théo)에게 보낸 편지들을 엮은 책, Lettres à son frère Théo를 읽는다.

'언젠가 내 그림이 팔릴 날이 오리라는 건 확신하지만, 그때까지는 너에게 기대서 아무런 수입도 없이 돈을 쓰기만 하겠지. 가끔씩 그런 생각이 들면 우울해진다.'(1888년 10월 24일)

고흐는 세상으로부터 인정받고 싶어했다. 작품이 팔리기를 간절히 원했다. 평생 879점의 작품이 남겨졌지만 그가 살아생전에 팔린 그림은 단 한 점이었다. 〈아를의 붉은 포도밭〉은 생전에 처음이자 마지막으로, 단돈 400프랑의 헐값에 팔렸다. 현재 모스크바 푸시킨 미술관에 걸려 있다.

고흐,
밤이
깊을수록
별은 빛난다

눈부시게 푸른 밀밭

파리에서 30분 거리,
오베르 마을의 작은 식당에서 점심을 먹고 나와 나지막한 언덕길을
올라간다.

좁은 골목, 돌담길을 따라 시간은 거슬러 올라간다. 문득문득,
멀리서, 한쪽 어깨에 무거운 나무 이젤을 짊어진 그의 모습이 보인다.
언덕길을 터덜터덜 걸어 내려오는 고흐를 만날 것 같다.

그가 그림으로도 남겼던 작은 교회 옆으로 조금만 더 올라가면
푸른 밀밭이 펼쳐진다. 이곳이었다. 고흐의 '까마귀 떼가 나는 밀밭'
이다. 스스로를 향해 권총을 쏘기 직전에 그린 최후의 작품이다.
밀밭은 멀리서 하늘과 땅으로 맞닿아 있다. 너른 밀밭들 사이로
바람이 불 때마다 바다처럼 파도 소리가 일렁인다.

1890년 7월 28일. 그날도 뜨거운 여름의 태양 아래 밀밭은 푸르렀다. 멈춘 시간 속에 풍경과 캔버스는 하나처럼 흘러간다. 마치 그림의 원근법처럼, 멀리 밀밭 사이로 난 흙길이 소실점처럼 끝에서 자취를 감춘다. 나는 그 길에 이젤을 세우고 붓질을 하고 있는 고흐를 바라보는 듯한 환영에 빠져든다.

뭉게구름이 흘러가는 파란 하늘, 파릇파릇 생명이 돋아나는 밀밭, 정겨운 저 흙길. 그러나 그의 머릿속에서 이 아름다운 풍경은 폭풍우처럼 밀려드는 그 어떤 파토스(pathos)였을까… 갑자기 어두워진 하늘 위로, 꿈틀거리는 하늘 위로, 검은 까마귀 떼가 금방이라도 달려들 듯 날고 있었다. 극도의 슬픔과 절대 고독이 엄습했으리라. 미친 듯한 붓 자국은 꿈틀꿈틀거리며 덧칠에 덧칠을 해댔다. 또다시 광기에 사로잡혔다. 더 이상 버틸 수 없는, 어떤 순간이었을까.

한 발의 총성이 울렸다. 그는 리볼버 권총으로 가슴을 겨누고 방아쇠를 당겼다. 그러나 더 불행한 것은 바로 죽지 못했다는 것이다. 고통스런 발걸음으로 비틀거리며 라부 여인숙으로 내려와 자신의 다락방으로 올라갔다. 그리고 피를 흘리며 침대에 누워 있다가 신음 소리에 놀란 여인숙 주인에게 발견됐다. 연락을 받고 달려온 의사, 가셰 박사에게 그는 담배를 피우고 싶다고 말했다. 그는 숨이 끊어지지 않아 이틀 동안 방안에서 고통의 몸부림을 쳤다.

다음 날 저녁, 파리에 있던 동생 테오가 전보를 받고 급히 왔다. 테오의 품 안에서 "이 모든 것이 끝났으면 좋겠다"는 말 한마디를 남기고 그는 숨을 거두었다. 광기 어린 세기의 천재는 죽음을 맞이하는 순간까지 단말마적 고통으로 신음했다. 1890년 7월 29일 새벽이었다. 그는 서른일곱의 비극적인 삶을 이렇게 마감했다.

고흐의 옷 속에는 부치지 않은 편지가 발견됐다. 동생 테오에게 보내는 마지막 편지였다.

'그래, 나의 그림, 그것을 위해 난 내 생명을 걸었다. 내 이성은 거기에 절반은 녹아들었다.'
(Eh bien, mon travail à moi, j'y risque ma vie et ma raison y a fondu à moitié)
(테오의 마지막 편지 p.358. Lettres à son frère Théo (18 avril 2002)

예술가의 무덤 : 별처럼 영롱한 빈센트

형의 죽음 이후 테오도 6개월 후에 죽음을 맞았다. 형의 죽음에 따른 충격 때문일까. 건강이 악화됐던 테오는 네덜란드에서 33살의 나이로 세상을 떠난다. 이후 따로 떨어져 묻혀있던 두 형제는 테오가

형의 무덤 바로 옆으로 이장되면서 20년 만에 재회한다.

밀밭 옆 마을 공동묘지에 고흐와 동생 테오가 나란히 잠들어 있다. 작은 비석 하나뿐이다. 천재 예술가의 묘지라기엔 너무나 초라하다. 어느 누군가 그를 생각하며 가져다 놓은 해바라기 한 송이가 외롭도록 노랗다.

"별이 반짝이는 밤하늘은 늘 나를 꿈꾸게 한다. 그럴 때 묻곤 하지. 왜 프랑스 지도 위에 표시된 검은 점에게 가듯 창공에서 반짝이는 저 별에 갈 수 없는 것일까? 타라스콩이나 루앙에 가려면 기차를 타야 하는 것처럼, 별까지 가기 위해서는 죽음을 맞이해야 한다. 죽으면 기차를 탈 수 없듯, 살아 있는 동안에는 별에 갈 수 없다. 늙어서 평화롭게 죽는다는 건 별까지 걸어간다는 것이지." (1888년 6월)

나는 오베르의 밀밭을 걸으며, 강변의 오솔길을 걸으며, 눈부신 야생화로 가득찬 빛의 들을 걸으며, 고흐가 어떤 생각을 하며 그 길을 걸었을지를 생각한다. 왜 그는 스스로 삶을 끝내기로 했을까. 생전에 누구에게도 인정받지 못한 불우한 인생, 가난으로 점철되고 자살로 마감한 삶, 그 모든 것들이 가슴을 먹먹하게 한다. 그토록 절망적으로 고독했던 예술가는 시대와의 불화로 더욱 고통스러워했고 그가 선택한 극단적인 방법은 어쩌면 숙명적인 종말인지도 모른다.

야심성유휘(夜深星逾輝) : 밤이 깊을수록 별은 빛난다

힘겹게 살아가는 사람들은 언젠가 별이 되기 위해 고난과 어둠 속을 헤매고 있는지 모른다. 우리가 진정으로 하고 싶은 일을 위해서, 모든 것을 불꽃처럼 격정적으로 바치고 떠난 뒤, 후세에 어느 날 작은 별 하나 남아있을지, 그 이름 하나 남길 수 있을지 모르겠다. 새들이 밀밭 사이로, 어두워 가는 창공을 향해 솟구치듯 푸드득 날아오른다.

내
인생의
아포리즘(Aphorism)

산 정상으로 가는 길은 저 멀리 보인다.
이 아름다운 산길이 어디로 이어질지는 아직 알 수가 없다.

프랑스 격언에 '인생은 책 읽기와 같다고 했다. 어떤 장(chapter)은 행복하고 어떤 장은 슬프다.
그런데 우리가 페이지를 넘기지 않으면 다음 장에 무엇이 들어있는지 결코 알 수 없다.

사람들이 산에 가는 이유도 다음 페이지를 찾기 위해서다.
길 위에서 길을 물을 필요는 없다.
애써 목적지를 생각하지 않고 길을 걷다 보면
그 길이 우리를 그리로 이끌 것이다.

산티아고…
나를
찾아
떠나는
순례길

산티아고에 숨겨진 보물

왜 산티아고를 걷는가?

* 라 파바의 기도(Prayer of La Faba)

"내가 세상의 모든 길을 걷고

동과 서의 산과 골짜기를 건넌다 해도,

'나 자신에 이르는 자유'를 발견하지 못한다면

나는 아무 곳에도 다다르지 못한 것이다."

Although I may have traveled all the roads,

crossed mountains and valleys from East to West,

if I have not discovered the freedom to be myself,

I have arrived nowhere.

홀로 걷는 길은 외롭다.

오세브레이로(O'cebreiro)로 향하는 길은 온통 가파른 오르막이
었다. 해발 700m에서 고도를 높여 1300m까지 올라가야 하기 때문이
다. 그래서 까미노(camino, 스페인어로 '길'이란 뜻)에서 제일 험로
로 통한다. 저녁 8시가 되면 여행자들의 도미토리 숙소인 알베르게
(albergue)가 문을 닫는다고 하니 부지런히 발걸음을 재촉해야 한다.

길 위에서 길을 물을 필요는 없다. '나'를 찾아 향하는 까미노(길)일
뿐이다. 수많은 사람들이 홀로, 때론 누군가와 함께 길을 걷는다.
마치 인생이 그렇듯, 내리막이 있고 오르막이 나타난다. 비가 오면
비가 오는 대로, 눈이 오면 눈이 오는 대로 걷는다. 마을 길을 지나
숲길을 걷다가 보면 어느새 들길이 이어진다.

'나에게 이르는 자유'

떠나고 싶은 욕망.
일상의 모든 일을 잊고 대자연을 벗삼아 길을 떠나고 싶다는
생각.
누구나 한 번쯤은 해봤을 일탈과 해방의 꿈이다. 그런 걷기 여행의
대명사가 스페인의 '산티아고 가는 길'이다. 프랑스 남부 피레네산맥
의 작은 마을에서 시작해 스페인 북부를 가로지른다. 대서양 가까운

산티아고 데 콤포스텔라까지 가는 길이 장장 800킬로미터에 이른다. 다 걸으려면 한 달 이상 걸리는 고된 여정이다. 그런데도 전 세계에서 한해 6백만 명이 이곳을 찾아와 스스로 고난의 행군을 한다.

원래 '산티아고 가는 길'은 옛 순례자들의 발자취를 더듬어 가는 여정이었다. 중세 이전부터 내려온, 유럽에서 가장 오랜 순례길이다. 예수의 제자였던 성 야고보의 유해가 발견됐다는 전설이 전해지면서 예루살렘, 로마와 더불어 산티아고는 세계 3대 성지가 됐다. 하지만 종교적 의미는 중요하지 않다. 지금은 종교를 떠나, 자신을 되돌아보려는 현대인들이 저마다의 사연을 짊어진 채 길을 나선다.

"부엔 까미노(Buen camino~!)"
"좋은 길이 되길", "너의 길에 행운이 있길"
순례길을 스쳐가는 이들이 서로에게 건네는 인사말이다. 길을 걷는 중에는 암에 걸려 고통받는 사람, 가족이나 연인과 이별한 사람처럼 사연이 있는 사람들도 만나게 된다. 어떨 때는 부상 정도가 심해 병원에 긴급히 실려 가는 환자도 있다. 그런데도, 수많은 사람이 앞서간 이들의 발길을 따라가며 걷는다. 또 뒤따라오는 사람들에겐 스스로가 이정표가 되어 걷고, 또 걷는다. 한적한 숲길, 너도밤나무 그늘에 앉아 쉬고 있다가 만난 네덜란드인 반두크 씨는 벌써 한 달째, 딸과 함께, 산티아고 가는 길을 걷고 있다.

"순례길의 모든 사람들이 천사를 보고, 집으로 돌아가 다른 사람들에게 천사의 말씀을 나눠주면 좋겠습니다."

고등학교 입학을 앞둔 딸을 위해 아빠가 준비한 특별한 여행이라고 했다. 어느새 훌쩍 자란 딸이 새로운 인생의 출발점에서 세상과 더불어 사는 지혜를 찾기를 바라는 아빠의 마음이었다.

오늘도 갈 길은 멀다. 멀리 산등성이에 구름이 내려와 앉았다가 금세 신기루처럼 흩어졌다. 숨이 차기 시작한다. 산 위의 마을, 오세브레이로는 해발 1,296m에 있는 작은 마을이다. 구름인 듯, 안개인 듯, 투명하게 흐르는 기체의 장막을 뚫고 중세의 벽돌 건물 지붕이 솟아올랐다. 첨탑이 햇살에 반짝인다. 신비하고 몽환적인 풍경이다.

산타 마리아 성당은 산티아고 순례길에서 가장 높은 곳에 있는 성당이다. 작고 소박한 실내로 들어서면 긴 나무 의자들이 열 지어 놓여 있다. 앞쪽에 야트막하게 걸린 십자가 위에 예수님이 모셔져 있다. 어둠 속 돌벽을 따라 방문자들이 놓고 간 작은 촛불들이 그림자처럼 어른거린다. 누군가를 위해 밝혀 둔 촛불은 포근하고 아름답다. 이 아늑한 공간에 값진 보물이 보관돼 있다.

신비한 보물, 검(劍)의 비밀은?

이곳은 브라질 작가, 파울루 코엘류(Paulo Coelho)가 소설 〈순례자〉에서 '검(劍)의 비밀'을 발견한 곳이다. 1986년 코엘류는 자신의 검을 찾기 위해 브라질에 모든 것을 남겨두고 스페인의 산티아고 길을 찾았다. 이곳에 이르러 검을 발견한 뒤 영적 깨달음을 얻고 순례 길을 멈추었다. 그리고 이듬해인 1987년, 그의 베스트셀러 작품 〈순례자〉가 탄생했다.

코엘류는 〈순례자〉에서 '마음의 검(劍)'을 찾아 떠난다. 검은 그 길의 어딘가에서 자신을 기다리고 있을 것이라고 했다. 그리고 검을 찾기 위한 순례의 길을 걸으며 숨겨진 인생의 진리를 마주하게 된다. 사실, 순례길을 시작할 때 그의 목적은 오로지 신비한 검이 어디에 있는지 알아내는 것이었다.

순례길을 안내하면서도 검의 비밀을 알려주지 않는 페트루스의 침묵은 검을 찾고자 하는 코엘류의 욕망을 더욱 간절하게 만들었다. 페트루스는 끊임없이 말한다. '산티아고 가는 길'은 평범한 사람들의 길이라고. 세상에 신비란 없으며 감춰진 것은 드러나게 마련이라고.

코엘류가 그토록 알고 싶어했던 검의 비밀은 의외로 단순했지만 의미심장하다. 검을 가지고 '무엇을 할 것인가'가 그것이었다.

우리는 화려하고 명확한 결과만을 원한다. 이를테면 부의 성취, 명성, 노력에 합당한 대가를 바란다. 검이 숨겨진 장소만을 알고자 하는 마음이 이러할 것이다. 그 검을 얻었을 때 그다음에 그것으로 무엇을 할 것인지 생각하지는 못한다. 어째서 그 검을 얻어야 하는지 그 이유도 몰라서 그다음을 예비하지 못했다면, 성과를 얻는 순간 나아갈 방향을 잃기 쉽다. 하루만 살고 말 것이 아니다. 그렇기에 내가 얻을 성과로 다음에는 무엇을 해야 할지 생각해야 한다. 그것이 검의 진정한 비밀이었다.

그렇다. 검을 찾는 것이 중요한 것이 아니라 그 검을 가지고 무엇을 할 것인지가 중요하다. 코엘류가 까미노를 걸으며 자신의 검으로 할 일을 찾아내니 검이 그에게로 왔다. 세상에 숨겨진 진리는 없다. 우리는 인생에서 늘 잃어버린 꿈을 찾아 헤매지만 그 꿈으로 '무엇을 할 것인가'를 스스로 결정하면 멀지 않은 곳에 꿈은 우리를 기다리고 있다.

마음의 검을 찾아 나선 사람들

날이 저물었다. 잠잘 곳을 찾아야 한다. 피곤에 지친 나그네들이
'알베르게' 도미토리에서 고단한 하루를 누인다. 침대 위에 배낭
짐을 풀고 마당으로 나가면 와인 파티가 열리고 있다. 낯선 곳에서
만나는 낯선 얼굴들이지만 금세 친구가 된다. 한쪽 테이블에는
8명이나 되는 펠레그리노(순례자)들이 모여 앉아 이야기꽃을 피우
고 있었다.

"저는 덴마크에서 왔습니다.
저는 프랑스, 저는 스웨덴,
독일, 리투아니아, 체코, 잉글랜드, 일본…"

남녀노소, 국적도 다양하다. 저녁은 직접 해 먹을 수도 있고 옆에
딸린 식당에서 사 먹을 수도 있다. 시골 마을의 작은 레스토랑에서
스페인 토속 음식과 와인을 저렴하게, 마음껏 즐길 수 있다는 것도
까미노에서 누릴 수 있는 특권이다. 잠자리는 불편하다. 2층으로
된 벙크 침대가 다닥다닥 붙어 있다. 그래도 무거운 짐 내려놓고,
힘겨운 걸음도 쉴 수 있다. 모두, 몸에는 강행군의 상흔이 남아
있다. 옆자리의 지아니는 이탈리아에서 왔다. 고통스런 표정으로
침대에 걸쳐 앉아 발바닥에 잡힌 물집을 터트리고 약을 바르고
있다. 오직 자신과의 약속을 지키기 위해 먼 길을 견딘단다.

"어제는 33킬로, 오늘은 29킬로 걸었고 내일은 23킬로 걸을 예정이에요. 각자 나름대로 목표가 있지만 나는 스스로에게 약속한 것이 있어요."

물집은 살갗에 극심한 마찰로 인해 생기지만 피부 내부를 보호하려는 생명의 보호막이다. 죽은 세포를 부풀려 떨어져 나가게 하고 새살을 돋게 한다. 우리 인생에도 새살을 돋게 할 수 있을까?

나 자신과의 대화

산티아고 가는 길을 걷는 데는 슬기로운 원칙이 있다. 무엇보다 모국어로 대화하지 않는 게 좋다. 안타깝지만 한국인을 되도록 만나지 않는 게 좋다는 얘기다. 외롭고 심심하지만 나 자신과 대화하는 법을 배워야 한다. 오롯이 나의 영혼을 마주하는 길이다. 집을 떠나와 길 위에서 마음의 자유를 얻어야 한다.

길 위의 모든 것에 귀 기울이기, 그것은 평범해서 그냥 살아가지만 소중한 가치를 알 때에는 가능하다. 어릴 적에는 배웠지만 살다 보니 너무 바빠서 쉽게 잊고 마는 종류의 깨달음이었다. 조금만 여유를 갖고 주변에 귀를 기울이면, 다양한 사물이 제각각 자기 이야기를 해준다는 사실을 다시금 깨닫게 된다.

엊그제 아침, 알베르게 식당에서 만났던 프랑스 여성, 이사벨을 오늘 아침엔 여기서 또 마주쳤다. 직장에 다니다가 모든 걸 훌훌 던져버리고 온 이사벨은 이 길을 걸으면서 마음을 비우고 버리는 법을 배웠다고 했다.

"여기서는 휴대전화가 없고 SNS도, 이메일을 확인할 필요도 없어요. 버스나 기차로 빨리 갈 수도 없지요, 혼자입니다. 저는 혼자 있는 것입니다. 삶을 위해 필요한 것은 매우 적다는 것을 느꼈지요."

맞다. 그동안 무얼 그리 집착하고, 무얼 가지려고 애썼는지, 갖은 욕심에 매달렸던 분주한 일상은 이제 성찰의 시간으로 채워진다.

"사실 내 삶에서 해결되지 않는 부분이 있었어요. 이 길을 걸으면서 제 길을 찾았지요. 앞으로 갈 수 있는 길을 찾았습니다."

토스트를 구워 아침 식사를 하고 다시 신발 끈을 조인다. 아침이면 날마다 길은 새롭게 시작된다. 하루 20, 30킬로미터씩 걷는 고난의 여정은 한 달이 넘게 계속된다. 수많은 사람들이 저마다 다른 곳에서 와서 다른 생각을 하며 길을 걷는다. 하지만 모두에게 똑같이 고행의 길이며 새로운 깨달음의 길이다. 이 험난한 여정 속에 걸음을 떼기 힘들 정도로 고통스러워하는 사람들도 늘어간다.

나의 여정은 끝나간다. 몬테 델 고소(Monte del Gozo)에 왔다.

'기쁨의 언덕'이라는 이름처럼 멀리 산티아고 시내가 손에 잡힐 듯 눈에 들어온다. 커다란 석상으로 서 있는 옛 성자들이 손짓을 하며 먼 길 온 사람들을 반긴다. 그리고 다시 한 시간 만에, 마침내 여행의 종착지, 산티아고 데 콤포스텔라(Santiago de Compostela)에 닿는다.

한 달이 넘는 여정을 마친 사람들이 성당앞 광장에 몰려든다. 몸은 지치고 힘들지만 드디어 목적지에 도착했다는 기쁨과 감격에 겨워 서로를 포옹한다. 땅바닥에 주저앉아 얼굴을 감싼 채 눈물을 흘리는 이들도 보인다. 코엘류의 말대로, 결국 순례길은 거창한 것이 아니었다. 길에서 만나는 아름다운 자연과 선한 사람들, 그들은 무엇을 위해, 무엇을 찾아 길을 떠났을까. 저마다 길을 걸으며 무엇을 얻었을까.

우리는 위대한 순간을 사는 때보다 평범한 일상을 살아야 할 때가 더 많다. 평범한 일상의 성실함이 축적될 때 비로소 위대한 변화의 순간이 드러난다.

특별한 길은 애초에 없다. 누구나 특별한 사람이 되고 싶어하지만 애초에 특별한 사람은 없다. 우리가 살아오면서 수없이 만나는 '스스로 특별한' 사람들은 오히려 평범한 사람들의 '평범함'에도 미치지 못했다. 묵묵히 자신의 길을 걸어가는 수많은 사람들이 어느 순간

걸어온 길을 뒤 돌아보면 특별함을 발견하는 것이다. 그리고 긴 여정의 끝에 도착한 사람들은 알고 있다. 이 길은 끝이 아니라 새로운 길의 시작임을….

순간마다 자신의 일을 성실히 수행하며 살다 보면, 어느덧 시절의 조류를 타고 어딘가에 도착한다. 그리고 그러한 조류를 타고 온 수많은 사람들을 그곳에서 만난다. 어쩌면 그곳에서 서로가 서로를 기다리고 있었을지도 모른다. 함께 의미 있는 변화를 도모할 출발점이다.

초원에서
쫓겨나는
아프리카
전사

"킬리만자로는 그 산봉우리가 늘 눈에 덮여 있는데, 높이 19,710피트로 아프리카에서 가장 높은 산이다. 서쪽 꼭대기는 마사이어로 '느가이예 느가이', 즉 '신의 집'이라 불린다. 이 꼭대기 가까이에 말라빠지고 얼어붙은 표범의 시체가 하나 있다. 이렇게 높은 곳에서 표범이 무엇을 찾고 있었는지는 아무도 설명할 길이 없다."

헤밍웨이 소설 〈킬리만자로의 눈〉 중에서

아득한 지평선 위로 회오리바람이 불 때마다 메마른 흙냄새가 피어오른다. 이곳 동아프리카 케냐와 탄자니아의 접경지대. 사바나의 초원 위로 석양이 내려앉고 있다. 우리가 탄 승합차는 흙먼지 바람을 뒤로 날리며 벌써 8시간째 사바나 한가운데를 가로질러 달리고 있다. 멀리서 아프리카 최고봉, 킬리만자로가 어슴푸레 나타난다. 그 웅대한 정상은 구름 사이로 만년설을 머리에 인 채 우뚝 솟아있다.

우리의 현지 안내인, 피터(Peter)가 갑자기 손가락으로 먼 곳을 가리킨다. 지평선 가까이에 소 떼를 모는 사람들이 나타났다. 수천 년 동안 동부 아프리카의 주인으로, 초원을 누벼온 유목 민족. 사람들을 그들을 '마사이'라고 부른다.

사자를 맨손으로 때려잡는 마사이족

잠보!(Jambo, 스와힐리어 인사말)

피터의 안내로 싸리나무 울타리가 높이 둘러진 마을로 들어섰다. 킬리만자로 산자락으로 해가 저물면 춤판이 벌어진다. 마사이 마을은 땀내로 후끈 달아오른다. "끼욱 끼욱" 괴성을 질러대며 마사이들은 하늘이라도 찌를 듯 힘차게 솟구쳐 오른다. 원을 그리며 빙글빙글 돌아가다 차례로 껑충껑충 뛰어오른다. 이 춤은 사냥이나 전쟁에 나갈 때 용맹함을 과시하는 전통춤이다. 마사이는 아프리카에서 제일 키가 큰 종족이다. 깡마르면서도 체구가 훤칠하다. 어깨엔 전통적인 붉은 망토를 두르고 손엔 기다란 지팡이를 하나씩 들었다.

춤판이 끝나자 모의 전투가 시작된다. "탁, 탁" 기다란 지팡이로 서로를 때리고 피하면서 실전을 방불케 하는 싸움이 벌어진다. 이상

돈 촬영기자는 눈앞에서 날아다니는 이들의 지팡이를 용케도 피하면서 ENG 카메라를 움직인다. 외부의 침입에 대비하기 위한 모의 전투라지만 오히려 마사이는 다른 부족들에게 가장 두려운 대상이다. 사자를 맨손으로 때려잡는다는 아프리카 최고의 전사이기 때문이다.

이튿날 우리는 창밖에서 코끼리 떼가 울부짖으며 지나가는 소리에 잠을 깼다. 사바나에서는 대자연과 사람, 그리고 야생동물이 공존한다. 우리가 묵은 로지(lodge, 아프리카의 방갈로식 숙소) 앞의 초원에는 사자와 하이에나가 으르릉대며 지나가기도 했다. 창문을 열자 서늘한 바람이 '쏴'하는 소리와 함께 방 안으로 몰려온다. 이곳은 암보셀리 자연보호구역(Amboseli Biosphere Reserve). 어니스트 헤밍웨이가 사냥을 즐기며 '킬리만자로의 눈'을 집필한 곳으로 유명하다. 5,895미터 킬리만자로의 화산이 폭발할 때 분출된 토사가 만들어낸 거대한 평원이다. 킬리만자로의 눈 녹은 물은 끊임없이 흘러 내려와 습지대를 촉촉이 적신다. 암보셀리 자연보호구역은 바로 마사이의 본고장이다.

Mr. Lee! 피터가 갑자기 소리를 치며 달려왔다. 우리가 취재를 가려던 마사이 마을이 없어졌다고 한다. 마을이 없어지다니? 다들 눈이 휘둥그레진다. 우리는 곧바로 나망가(Namanga)로 출발했다. 나망가는 케냐, 탄자니아의 국경 도시로 전통적인 유목 생활을 고수하고 있는 마사이 지역이었다. 두 시간을 달려 찾아간 마을엔 인기척이 없다. 원래 백여 명이 살던 제법 큰 마사이 마을이다. 지나가던 이웃 마을 사람을 붙잡고 물어보니 물이 없어서 사람들이 모두 떠났다고 한다. 버려진 마을이 된 것이다. 쇠똥을 쌓아 만든 집들은 서서히 허물어지고 있다. 가축우리도 덩그러니 흉물로 남았다. 집 안에 고단했던 삶의 흔적들만 남겨둔 채 모두 초원을 떠났다.

우리는 곧바로 방향을 바꾸었다. 마사이들의 영원한 마음의 고향, '마사이마라 보호구역'(Masai Mara National Reserve)으로 가기로 했다. 앞으로 남은 거리는 2백 킬로미터. 누더기처럼 웅덩이가 팬 도로를 달려 오후 늦게야 마사이마라로 접어들었다. 지팡이를 든 마사이들이 붉은 망토를 걸치고 마치 대지 위에 굳게 뿌리내린 듯 서 있다. 이들은 이 야생의 땅에서 동물과 공존하면서 수천 년을 살아왔다.

멀리 하늘과 맞닿은 푸른 사바나에는 야생동물의 천국이 펼쳐진다. 수만 마리의 누 떼와 얼룩말, 임팔라, 버펄로, 코끼리들이 무리를 지어 흩어져 있다. 초식 동물이 많기 때문에 사자가 가장 많은 곳이기도 하다. 그래서 사파리를 즐기려는 서양인 관광객이 많이 온다. 원래 사파리(safari)는 사람들이 동물을 보러 가는 것이 아니라, 반대로 '사람이 동물한테 선 보이러 간다'는 뜻이다. 말하자면, 동물원에서 관람하는 사람과 동물의 관계가 바뀌는 격이다. 사바나의 주인은 사람이 아니라 야생동물이기 때문이다.

물을 빼앗긴 유목 민족

한낮에 아프리카의 태양이 쏟아내는 뜨거운 열기는 견디기 힘들 정도로 고통스럽다. 마사이 마을이 가까워지면서 타들어 가듯 메마른 땅이 나타나기 시작했다. 연일 내리쬐는 햇볕 아래 마사이족이 사는 초원엔 급속히 사막화가 진행되고 있다.

이와 대조적으로 마사이 마을 근처에 외지인들이 만든 농장엔 푸른 농작물이 자란다. 케냐 정부의 개발 정책에 따라 외지인들이 마사이족들을 쫓아내고 만든 농장이다. 가까운 강에서 양수기로 쉴 새 없이 물을 퍼 올려 농장에 뿌리고 있다. 농장엔 탐스럽게 토마토가 자라지만 물을 빼앗긴 초원엔 풀이 사라지고 있다.

"4시간을 걸어왔어요." 강가에서 만난 마사이 소년은 소 떼를 몰고 물을 찾아 3킬로미터를 걸어왔다고 말한다. 소에게 물을 먹이는 것도 잠시, 소년은 다시 이글거리는 뙤약볕 아래 건조한 초원으로 돌아가야 한다. 그런데 갑자기 소년이 다급하게 뛰기 시작했다. 돌아보니 소 한 마리가 농장의 토마토밭으로 어슬렁거리며 들어가는 게 아닌가. 소년은 소를 붙잡으러 기를 쓰고 내달린다. 소가 농장을 침범해 밭을 짓밟기라도 하면 소년은 농장주에게 붙잡혀 몰매를 맞는다고 했다.

잠시 뒤, "끼욱, 끼욱" 시끄러운 소리가 들렸다. 농장 입구 쪽에 마사이 백여 명이 몰려가 지팡이를 쳐들고 소리를 질러댔다. 농장에 물을 빼앗긴 마사이족들이 시위를 벌이는 것이었다. 농장이 들어선 뒤 가축의 이동 통로가 막히고 물이 없어 소 떼를 키우지 못하고 있다. 나무 지팡이를 땅에다 내리치며 괴성을 지르는 이들의 시위 방식이 우리 이방인의 눈에는 우스꽝스러워 보이기도 하지만 이들에겐 처절한 생존 투쟁이었다.

가축을 모는 유목민에게 물은 곧 생명이다. 아무리 건기라고 하지만 이렇게 물 한 방울 없는 때는 없었다고 한다. 마사이 마을 주변의 강은 물을 농장들에 빼앗기면서 바닥을 드러낸 채 바짝바짝 타들어가고 있다. 케냐 중서부에서는 급기야 물 때문에 유혈 사태까지 벌어졌다. 초원에 물길을 돌리는 문제를 놓고 다투던 마사이족과 키쿠유족이 충돌했다. 이틀 동안 벌어진 두 부족 간의 싸움으로 15명이 목숨을 잃었다.

물 부족에 시달린 마사이족들은 결국 유목 생활을 포기하고 있다. 이시냐 마을에 있는 우시장으로 가니 쇠똥 냄새가 코를 찌른다. 이틀에 한 번 서는 장에는 하루 수천 마리의 소가 거래된다. 마사이들이 내놓은 소는 대부분 외지인들이 사들이고 있다. "농장에 땅을 빼앗기고 초원엔 물길이 말라버려 이젠 소를 칠 수가 없습니다." 데투리라는 이름의 마사이 청년은 "조상 대대로 소를 치고 살아왔지만 마지막 남은 소 한 마리마저 오늘 처분했다"고 한다. 더 이상 초원에서 살아갈 방법이 없는 마사이 젊은이들은 도시로 몰려들고 있다.

아프리카의
아픔

"초원이 그립습니다. 고향엔 자유가 있습니다"

케냐 수도, 나이로비가 가까워지면서 잘 정돈된 풍경이 펼쳐지기 시작한다. 도로를 따라 열병하듯 줄지어 늘어선 자카란다 나무는 눈이 어지러울 정도로 환한 보랏빛 꽃을 피운다, 부갱빌이라는 이름의 붉은 꽃도 만발하면서 거리엔 온통 원색의 물결이 넘쳐난다. 아프리카의 관문이자 케냐의 수도, 나이로비는 남위 1.2도에, 거의 적도 위에 자리 잡은 도시이다. 그러나 해발 1,700미터의 고지에 있는 덕분에 연평균 기온이 17.5도로 서늘한 편이다. 나이로비라는 이름도 마사이어로 '차가운 물'에서 왔다고 할 만큼 아프리카에서는 시원하고 물이 많은 곳이다.

우리는 시내 호텔에 딸린 콘도식 숙소에 짐을 내려놓고 점심을 먹으러 갔다. 현지식 식당에서는 아프리카인들의 주식인 '우가리'를 내놓는다. 우가리는 옥수수 가루를 쪄서 만든 일종의 밥인데, 우리 입맛에 그리 잘 맞지는 않는다. 케냐인들에게 인기 음식은 '냐마초마'

로 불리는 고기구이다. 쇠고기나 닭고기도 있지만 주로는 야생동물 구이가 나온다. 우리가 간 식당에서는 악어와 얼룩말 고기, 임팔라 고기, 산양 고기 등을 구워서 내왔다. 왠지 꺼림칙하다는 느낌이 앞선다. 실제로 먹어보면 야생동물 구이는 대부분 질기고 맛이 없는 편이다. 우리는 닭고기구이와 소시지만 먹다가 나왔다.

식사를 마친 우리는 다시 마사이족을 찾아 나선다. 도시로 나온 마사이들은 빈민가로 흘러들고 있었다. 나이로비에는 아프리카 최대 규모의 빈민촌이 자리잡고 있다. 마을 이름이 '키베라 슬럼'인데 이곳에 마사이들이 살고 있다. 슬럼가 한가운데 쓰레기 산이 있다. 파리 떼가 들끓는 매립장에서 어린이들은 돈 되는 것을 찾아 쓰레기를 뒤진다. 마사이들은 도시에 나와도 직장을 구하지 못해 먹고 살 방법이 없다. 아프리카 최고의 전사로 불리던 마사이들은 이제 초라한 도시 빈민으로 전락하고 있었다. 빈민촌 한구석에서 만난 30살 마사이 청년, 난디쿠네는 이렇게 말한다. "나이로비에 어쩔 수 없이 왔습니다. 여기서 불행합니다. 고향에는 자유가 있습니다. 초원이 그립습니다."

식민통치가 남긴 아픈 역사

수천 년 동안 아프리카 사바나를 누벼온 유목 민족이 고향을 등져야만 하는 다른 원인도 있다. 가깝게는 아프리카 국가들의 잘못된 토지 개발 정책이 있고, 멀게는 식민통치를 겪은 뼈아픈 역사가 있다.

나이로비에서 북서쪽으로 2시간을 달리면 평원처럼 보이는 지구대(地溝帶)가 펼쳐진다. 그레이트 리프트 밸리(Great Rift Valley), 세계에서 가장 넓다는 협곡지대이다. 인류의 조상인 오스트랄로피테쿠스 등 원시 인류가 발견된 곳으로도 유명하다. 이곳에도 거대한 농장들이 몸집을 넓히고 있다. 커피나 파인애플, 알로에, 토마토 같은 작물을 재배한다. 농장주는 주로 영국인들이다. 농장 주변에서 마사이족의 시위가 자주 벌어진다. 영국 식민지 시대에 부당하게 빼앗긴 농장의 땅을 돌려달라는 것이다. 눈물을 흘리며 구호를 외치는 마사이족들의 얼굴마다 식민통치의 아픈 상처가 그늘처럼 어려 있다. 저마다 "이곳은 마사이의 땅"이라고 외치면서 흙을 움켜쥐는 손이 비장해 보인다.

이들이 땅을 빼앗긴 것은 백 년 전으로 거슬러 올라간다. 영국은

20세기 들어 케냐 등 동부 아프리카를 점령했다. 영화 '아웃 오브 아프리카(Out Of Africa)'에는 낭만적으로 비쳐진 장면이다. 원시 초원에는 철길이 놓이고, 원래 주인이 없던 사바나는 모두 영국인들의 땅이 됐다. 거대한 농장에 노예 제도를 기반으로 하는 플랜테이션 농업을 일궜다.

소이삼부(Soysambu)에 있는 영국인 농장에서는 요즘도 케냐의 값싼 노동력을 이용한 플랜테이션 농업이 이뤄진다. 식민지 시대, 들라미어 경(卿)으로 불리던 영국 귀족이 점거(?)한 이후 여전히 그 후손들이 농장을 소유하고 있다. 얼마 전 이곳에선 마사이족이 총에 맞아 숨지는 사건이 일어났다. 농장에서 코끼리 밀렵이 이뤄진다는 제보를 받고 출동한 단속 공무원이 마사이족이었다. 영국인 농장 주인은 그에게 권총을 쏴 숨지게 했다. 하지만 케냐 정부는 이 공무원이 허락을 받지 않고 농장에 들어갔다는 납득할 수 없는 이유로 되레 영국인을 석방해버렸다.

땅을 잃고 쫓겨나는 초원의 전사

케냐는 지난 1963년 영국으로부터 독립에 성공했다. 식민 지배는

끝났지만 유목민들은 이번엔 토지 사유화라는 정부의 개발 정책으로 또다시 땅을 빼앗기고 있다. 원주민들의 정착 생활을 유도한다면서 케냐 정부가 사바나의 땅을 나눠주기 시작하면서부터다. 케냐 중서부의 나이바샤 지역에선 토지 사유화가 진행되면서 2천 명의 마사이족이 살던 땅에서 쫓겨났다. 대신 그 땅은 대부분 정부 장관의 친인척이나 지역의 공무원, 외지인들이 차지했다. 마을에선 땅 때문에 생긴 빈부격차를 쉽게 볼 수 있다. 땅을 많이 차지한 사람들은 붉은 기와지붕을 얹은 벽돌집에 살고 땅을 빼앗긴 마사이족들은 여전히 쇠똥 집에 산다. 외지인들은 마사이족이 그나마 조금씩 분배받은 땅을 모두 헐값에 사들였다.

우리는 마사이족의 자치구역인 나로크(Narok)로 갔다. 토지 사유화 정책으로 땅을 잃은 마사이족들이 몰려들고 있다. 심지어 마사이족들끼리도 땅 사기를 벌여 피해 신고가 끊이질 않는다. 글을 모르는 마사이들은 토지 계약서에 멋모르고 서명을 한 뒤, 형편없이 작은 푼돈을 받게 되는 걸 나중에 알게 된다.

은케레 나로크 시장은 문명의 소용돌이 속에 마사이족들이 희생되고 있다고 말한다. "전통적인 삶의 방식을 지킬 것인지, 불평등한 사회 구조에 순응할 것인지, 마사이들이 부당한 선택을 강요받고 있습니다."

동아프리카에 사는 마사이족은 대략 180만 명이다. 케냐 정부는 이들에게 수천 년 동안 살아온 유목 생활을 포기하고 정착 생활을 하는 농경민족이 되도록 유도하고 있다. 하지만 역설적으로, 땅을 잃게 된 이들은 농사를 지을 수도 없고, 도시로 나가더라도 일자리를 구하기 어렵다.

아프리카를 어떻게 바라볼 것인가

2천 년 대의 어느 가을, 우리는 지평선 위로 붉게 떠오르는 킬리만자로의 태양에 카메라를 가늠하고 있다. 아프리카 대륙에 새로운 하루가 시작되고 있지만 오랜 식민통치와 잘못된 개발 정책 속에 초원의 전사, 원주민들의 삶은 벼랑 끝으로 내몰리고 있다. 케냐는 내가 다녀온 아프리카 나라들 가운데 가장 아프리카적인 곳이다. 식민통치와 노예 제도, 서양인들에 의해 계속된 차별 대우, 독재 정권 등 역사가 남긴 상처를 고스란히 간직하고 있다.

일찍이 프랑스 작가이자 철학가인 사르트르(Jean Paul Sartre)는 제3세계의 자의식을 처음으로 확인시켜준 아프리카의 지성으로 프란츠 파농(Frantz Fanon)을 꼽았다. 파농은 이렇게 말한다.

"유럽의 진보와 복지는 우리 흑인들의 땀과 시체 위에 세워진 것이다. 우리에겐 어떤 기회도 주어지지 않았다. 우리는 외부 세계에 의해 화석화된 인종이기 때문이다."

어떤 문화를 놓고 '우월함이나 미개함'을 따져서는 안 된다는 게 '문화 상대주의'이다. 문화인류학자 마빈 해리스(Marvin Harris)는 자신의 책, '문화의 수수께끼'(The Riddles of Culture)에서 이렇게 말한다

"모든 생활 양식이나 관습에는 실제로 분명한 원인이 존재한다. 생활 양식의 배경에 감춰진 원인들이 그토록 오랫동안 간과됐던 주된 이유는 모든 사람이 '그 대답은 신(神)밖에 모른다'고 믿어왔기 때문이다."

아프리카에도 우리와 똑같이 울고 웃으며 사람들이 하루하루를 살아간다. 아프리카에 대해 '다름'을 인정하는 것이 우리에게는 머나먼 대륙, 아프리카에 대한 이해를 넓힐 수 있는 출발점이다. 그래야만, 아프리카 하면 떠올리는 야생동물, 원시인, 기아, 에이즈

같은 '화석화'된 이미지에서 벗어날 수 있다. 그래야만, 그곳에도 우리처럼 아픈 역사가 있고 감당하기 힘든 현실을 짊어진 사람들이 살고 있다는 걸 이해할 수 있다. 그것이 여전히 '휴머니즘'이란 이름으로 규정될지라도….

부시맨과
장 자크 루소

"인간은 자유롭게 태어났으나 어디서나 쇠사슬에 매여 있다. 자신이
남의 주인이라고 생각하는 사람도 실은 그들보다 더 노예로 산다."

(루소, 사회계약론)

(L'homme est né libre, et partout il est dans les fers. Tel se
croit le maître des autres, qui ne laisse pas d'être plus esclave
qu'eux. Comment ce changement s'est-il fait ? Je l'ignore.
Qu'est-ce qui peut le rendre légitime ? Je crois pouvoir résoudre
cette question.)

남부 아프리카의 칼리하리 사막

검은 대륙, 아프리카에서 한국인과 가까운 인종을 찾아가는 길이
다. 보츠나와(Botswana)의 수도, 가보로네(Gaborone)에서 사륜구
동차를 빌려 4시간 정도 달리면 칼라하리 사막이 나타난다. 사막이라
지만 온통 모래밭은 아니고 드문드문 낮은 관목들이 모여 자란다.
차를 타고 달리다 보면 덤불 사이에 숨어 자라는 아프리카 야생

수박도 만날 수 있다. 수박은 어른 주먹만큼 작은 크기다. 하지만 깨뜨려 먹어 보면 붉은색 과즙이 가득하고 수박 맛을 입안 가득 느낄 수 있다. 달다.

부시맨들이 가장 많이 사는 중앙 칼라하리 자연보호구역에 거의 왔다. 갑자기 출입 금지 팻말이 앞길을 막는다. 보츠나와 정부가 전염병 예방을 이유로 외부인 출입을 엄격히 통제하고 있기 때문이다. 우여곡절 끝에 출입 허가를 받아 보호구역 안으로 들어간다. 자연보호구역 곳곳에 산재해 있던 부시맨 마을은 대부분 폐허가 됐다. 정부가 군대를 동원해 부시맨들을 쫓아냈기 때문이다. 마을에는 부시맨들이 살던, 나뭇가지로 엮은 움집들이 주인을 잃은 채 덩그러니 서 있다. 조상들의 무덤이 있는 고향 땅을 떠나는 것은 부시맨들에게 죽음을 의미한다. 그들은 어디로 갔을까.

칼라하리에 남은 일부 부시맨들이 살고 있다는 크사드 마을로 갔다. 문명의 손길이 닿지 않는, 이 불모의 땅에 부시맨이 살고 있다. 부시맨은 아프리카 최초의 원주민이다. 인류학자들이 현생 인류의 조상을 거슬러 올라가 맨 위에 만나는 종족이 부시맨이기 때문이다. 백인, 흑인, 황인종의 얼굴을 종합하면 가장 공통분모의 얼굴이 부시맨이라는 것이다. 얼굴색이 그리 검지 않다. 그래서 아프리카에서 동양인의 얼굴과 가장 가까운 종족이 바로 부시맨이다. 이들은 역사적으로 남부 아프리카에서 수만 년 이상 전통을 지키며 살아왔다.

사막 곳곳에 흩어져 살던 부시맨들에게 이곳은 오아시스와 같은 곳이었다. 부시맨들은 이곳에서 염소에게 물을 먹이고 자신들이 사는 곳으로 돌아가곤 했다. 그러나 마을의 유일한 물 공급원이던 물탱크가 모래 바닥에 쓰러져 있다. 부시맨들을 자연보호구역 바깥으로 쫓아내기 위해 정부는 군부대를 동원해 물 공급마저 끊었다. 관정을 열어보니 지하 시추공까지 콘크리트로 막아 버려 이곳은 더 이상 사람이 살 수 없는 곳이 됐다.

보츠와나 정부는 부시맨들이 키우는 염소에서 전염병이 발견됐다면서 중앙칼라하리 자연보호구역을 폐쇄했다. 칼라하리 바깥으로 쫓겨난 부시맨들을 수용하기 위해 정부가 만든 정착촌으로 갔다. "군인들이 우리를 트럭에 태워서 강제로 이곳에 데려왔습니다. 내 뜻이 아니었습니다. 구타를 당하며 강제로 이주당했습니다."

부시맨들이 고향에서 쫓겨나는 이유는 뭘까. 하늘을 올려다보면 답을 찾을 수 있다. 칼라하리 사막의 공중에 둥근 비행선들이 마치 거대한 풍선처럼 떠다니고 있다. 아래를 내려다보며 다이아몬드 광맥을 찾는 탐사선들이다. 보츠와나는 세계적인 다이아몬드 매장량을 자랑하는 아프리카의 부국이다. 보츠와나 정부는 세계 최대 다이아몬드 회사인 드 비어스(De Beers)와 합작회사까지 차렸다. 다이아몬드 회사와 정부가 결탁해 칼라하리를 차지하고 있다는 의심을 받는 이유다.

정부 장관 가운데 일부는 다이아몬드회사 간부 출신이고 상당수는 주식을 가지고 있다. 고대 그리스 신화에서 다이아몬드는 '신의 눈물'로 불렸다. 로마인들은 다이아몬드를 가리켜 하늘에서 떨어진 별 조각이라고 생각했고 큐피드 화살의 끝부분이 다이아몬드로 이뤄졌다고 믿었다. 이제 그 큐피드 화살은 부시맨들을 겨누는 셈이다.

현재 남아프리카 전역에 남아 있는 부시맨은 4만여 명. 부시맨은 풀섶(bush)에 산다는 이유로 서양인들이 붙인 이름이고 현지에서는 산족(San)이나 바사르와족으로 불린다. 산족은 아프리카 남부에서 대대로 살아온, '세계에서 가장 오래된 인류'다.

부시맨은 왜 화살촉을 서로 교환했나?

부시맨은 수풀에 살며 독화살로 사냥한다. 직접 독을 만드는 작업도 흥미롭다. 땅속 깊이 숨어 있는 딱정벌레를 잡아 짓이긴 뒤 독을 만들어 화살촉에 바른다. 그리고 사냥을 나가기 직전에 화살을 서로 교환했다. 들판에서 짐승을 쫓아가 쓰러질 때까지 화살을 쏘았다. 사냥감을 잡으면 그것이 누구의 화살에 맞았는지 알 수 없고, 공동작업의 결과로 간주했다. 활 솜씨가 좋은 한 사람이 고기를 독차지하거나 '우월자'로 나서는 것을 막기 위한 관습이었다.

켄트 플래너리와 조이스 마커스 미국 미시건대 교수는 〈불평등의 창조〉(The Creation of Inequality)라는 책에서 부시맨의 예를 들어, 원시적인 수렵, 채집 사회가 어떻게 평등을 유지하는지를 보여준다. 이들은 인류 역사를 우월한 존재가 되고자 하는 자와 이에 저항하는 자들의 투쟁의 역사로 본다.

인류가 농경사회로 발전하면서 잉여농산물을 더 차지하기 위해 불평등과 계급이 생겼고 그러한 불평등을 용인한 것은 '다른 누구의 잘못도 아닌 우리의 잘못'이라는 얘기다.

부시맨과 크리스마스

칼라하리 사막에서 부시맨들과 함께 살며 그들의 습속을 연구했던 인류학자 리차드 리(Rechard B. Lee)도 자신의 논문에서 비슷한 경험을 이야기한다. 부시맨들에게 기독교가 알려진 뒤 크리스마스 때 마을 잔치가 열렸다. 현지 조사(field work)가 끝나갈 무렵이기도 해서 그는 부시맨들에게 감사의 표시로 커다란 황소를 선물하기로 했다. 마을 사람 전체가 배불리 먹고도 남을 만큼 덩치가 큰 황소를 시장에서 잡은 뒤 잔치를 열어 대접했다. 그런데 부시맨들의 반응은 냉담했다. 고맙다는 인사는 고사하고 '어디서 이런 말라빠진 소를 잡아왔느냐'고 빈정됐다. 리처드 리는 기분이 나빴지만 그것은 부시맨들의 문화였다.

사막에서 어느 한 사람이 큰 짐승을 잡게 되면 자만에 빠진 사람이 다른 동료들을 무시하게 되고 부시맨 사회를 위험에 빠뜨릴 수 있다는 것이다. 리차드 리는 부시맨들에게 '관대함'(generosity)을 선물하고자 했지만 부시맨 사회는 인간들 사이의 '우월함이나 열등함'을 인정하려 하지 않았다.

영화 '부시맨'과 콜라병

1980년 9월, 아프리카 칼라하리에서 원시생활을 그대로 영위하며 살아가던 부시맨 부족이 있었다. 어느 날, 서양의 비행기 조종사가 마을 위를 날아가다 아래로 빈 콜라병을 던진다. '무엇에 쓰는 물건이지?' 난생처음 보는 물건으로 마을엔 분란이 생기고 부시맨들은 그걸 신(神)의 물건이라 여기게 된다. 이에 주인공, 부시맨 추장은 마을의 평화를 깨트리는 콜라병을 세상의 끝으로 가져가 신에게 돌려주기 위해서 여행을 떠나게 된다.

이 과정에서 문명사회를 접하게 되고 거기서 겪게 되는 기상천외한 소동이 영화의 주 내용이다. 이런 장면도 있다. 배가 고팠던 주인공이 마침 발견한 염소를 잡았는데, 염소 주인이 경찰을 데리고 나타나 항의한다.

가축은 남의 '소유물'이라는 개념을 이해하지 못한 부시맨은 염소 주인이 자신의 사냥감을 빼앗으려는 줄 알고 '그럼 너 먹으라고 양보'한다. 그리곤 다른 염소에게 활을 겨눈다. 이런 소동을 겪은 끝에 부시맨은 빅토리아 폭포에 도착한다. 그 장엄한 폭포의 광경을 마주한 부시맨은 여기가 세상의 끝이라고 확신하고, 콜라병을 폭포 속에 던지면서 여정은 끝을 맺는다. 그리고 고향 칼라하리 사막으로 돌아와 가족들과도 재회한다.

부시맨과 장자크 루소

"왜 나는 남보다 잘살지 못하는가? 왜 나는 남보다 높은 명성을 누리지 못하는가? 왜 나는 남보다 더 많은 권력을 갖지 못하는가? 왜 나는 남보다 아름답고 멋진 이성과 짝을 맺지 못하는가? 내가 아는 그 누구는 더 잘 사는데, 더 많은 명예를 누리는데, 더 많은 권력을 가졌는데, 더 많은 여자 복을, 더 많은 남자 복을 받았는데, 왜 나는 그렇지 못한가?"

〈인간 불평등 기원론〉(루소) 제네바공국

인간은 언제부터, 왜 불평등해졌을까? 인류 불평등의 문제를 다룬 최초의 근대적 인간은 프랑스 계몽사상가, 장 자크 루소(Jean Jacques Rousseau)였다. 그는 인류가 사회를 형성하면서 불평등이 시작됐다고 본다. 그리고 그 불평등의 근원은 '사적 소유'에서 비롯됐다. 사유재산 제도가 인류 불행의 씨앗이었다.

"자연법을 어떻게 규정하던, 어린애가 노인에게 명령하고 바보가 현명한 사람을 이끌며, 대다수의 사람들이 굶주리고 살아가고 꼭 필요한 최소한의 것마저 갖추지 못하는 판국인데, 한 줌의 사람들에 게서는 사치품이 넘쳐난다는 것은 명백히 자연의 법칙에 위배된다."

〈인간 불평등 기원론〉

루소가 보기에 태초에, 자연 상태(l'état de nature)에서 인간은 '고립된 인간'이었다. 여기서 자연상태란 막스 베버가 설명하는 이념형(idealtypus)처럼 현실에 존재하지 않는, 그러나 현실을 설명 하기 위한, 하나의 가설이다. 자연상태에서 인간의 유일한 관심은 생존본능인 자기애(amour de soi)였다.

문명이 시작되면서 농경을 발견하고 사유재산이 생기기 시작했다. 소유권의 도입으로 인간의 이기심이 깨어나기 시작한다. 농업으로 인해 불평등이 커진 상황을 루소는 이렇게 설명한다.

"힘이 센 사람은 더 많은 일을 했고 손재주가 있는 사람은 자기의 노동을 더 교묘히 이용했으며 재간이 있는 사람은 노동을 절감시키는 방법을 더 많이 고안해냈다. 어떤 사람은 많이 벌었고 어떤 사람은 간신히 먹고살았다. 새로운 원인의 불평등이 이렇게 신체적 불평등에 더해졌다.”

인간이 농사를 짓고 동식물을 길들이며 정주하기 시작한 건 불과 일만 년 전쯤부터다. 그전에 200만 년에 가까운 시간 동안 인류는 자연에서 모든 먹을 것을 해결했다. 역사상 가장 오래 지속 가능했던 인류의 생활방식이 수렵과 채취였던 셈이다. 그들은 애초에 무얼 ‘쟁여놓을’ 필요가 없었다. 잉여농산물을 더 차지하기 위한 다툼도 없었다. 부시맨들에게 공동체가 수렵 채취한 모든 것은 노동에 대한 대가가 아니라 자연의 선물이었고, 거래의 대상도 아니어서 모두에게 나누어지는 게 상식이었다.

농경의 역설이다. 농경은 호모사피엔스가 빠진 ‘덫’이었다. 유발 하라리(Yuval Harari)는 〈사피엔스〉(Sapiens)에서 “농경 사회로의 진입이 인류 역사상 최대의 사기”라고 규정한다. 농업의 발견으로 “사피엔스는 거의 모든 시간과 노동을 몇몇 동물과 식물 종(種)의 삶을 조작하는 데 바치기 시작했다”는 것이다.

인간은 해 뜰 때부터 해가 질 때까지 씨를 뿌리고 작물에 물을 대고 잡초를 뽑고 좋은 목초지로 양을 끌고 다녔다. 이른바 농업혁명이 도래한 것이다. 유발 하라리는 고대 유골을 조사한 결과, 인류가 농업으로 이행하면서 수많은 병이 생겨났다고 지적했다. 농업이 본래 사피엔스와는 맞지 않는다는 것이다. 특히 농업 활동으로 인해 유난히 폭증하는 관절염과 척추 질환 등을 예로 들었다.

원시 자연에서 달리기를 하고, 강물에 뛰어들어 수영하고, 식물을 채집하며 사냥감에 창을 던지는 전통적인 사피엔스의 생활방식과 농업은 맞지 않는다고 이야기한다.

농업으로 인해 인류는 진보한 것일까. 〈총, 균, 쇠〉의 저자 재레드 다이아몬드(Jared Diamond)는 농업혁명이 역사상 최악의 실수라고 부른다. 농업혁명으로 인해 안락한 새 시대를 열지 못하고 농부들은 대체로 수렵채집인들보다 더욱 힘들고 불만스럽게 살았기 때문이다. 농경 덕분에 여분의 식량을 얻기가 쉬워졌지만 먹고도 남을 식량이 생기자 일부 사람들은 이를 저장했다. 바로 잉여생산물 때문에 불평등이 생겨나게 된다. 또 수렵 생활에 비해 농경 생활로 접어들면서 노동 시간이 훨씬 더 늘어났다고 한다. 그의 연구에 따르면, 구석기시대에 사람의 수는 더 적었어도 신석기 시대의 사람보다 신장이 평균 15센티미터 정도 더 컸고 뼈도 더 두꺼우며 골밀도 또한 높았다. 재레드는 생리학적으로 인류는 농경을 시작하면서 진화한 것이 아니라, 오히려 퇴화했다고 본다.

루소는 인간의 자연상태를 동경한다. 불평등이 원시적인 인간의 본성과 모순된다는 말을 하고 싶어 한다. 그래서 평등한 세상인 '자연으로 돌아가라'(retour à l'état de nature)고 했다. 그는 돌아갈 수 없는 현실을 말하고 있다. 그래서 혁명적이다.

인류는 농업혁명과 산업혁명에 이어 기술혁명 시대까지 걸어왔지만, 그동안 잉여생산물과 부가가치의 형태만 달라졌을 뿐 '더 많은 몫'을 차지하려는 투쟁은 현재도 진행형이다. 그래서 루소는 자연상태로 돌아가라는 '이룰 수 없는 꿈'을 이야기한다.

수만 년 역사를 간직한 부시맨의 전통문화는 이제 종말의 위기를 맞고 있다. 칼라하리 사막에서 쫓겨나는 부시맨들이 고향으로 돌아가지 못하듯, 인류가 평등한 자연으로 돌아갈 수 있을까?

소인국의
비극

피그미 멸족 위기, 학살 현장을 가다

우리는 아프리카 콩고로 가는 비행기에 몸을 실었다. 콩고는 오랜 내전으로 무려 3백만 명이 숨진 나라였다. "죽고 싶어 안달이 났구먼?" 떠나기 전, 친구 녀석이 걱정 반, 우스개 반으로 던진 말이 귓전을 자꾸 맴돈다.

분쟁 지역 취재에 위험이 따르는 게 당연하고 준비를 많이 했다고 마음을 다잡았지만 도착 시간이 다가올수록 불안과 긴장감이 엄습해 온다. 옆자리에서 이상돈 촬영기자와 천상근 오디오맨이 애써 여유로운 표정을 보낸다.

비행기는 둔탁한 충격음과 함께 활주로에 내렸다. 콩고 민주공화국의 수도 킨샤샤. 1970년대 홍수환 권투선수가 4전 5기 신화를 만들며 "엄마, 나 챔피언 먹었어"로 각인됐던 곳이다. 당시 나라 이름은 '자이르'였고 자원이 많아서 한국보다 1인당 GNP가 더

높던 나라였다. 하지만 내전 이후 지금은 아프리카에서도 가장 못
사는 나라가 됐다.

중앙아프리카 적도를 찾아서

이튿날, 우리는 콩고 동북 지방으로 가는 경비행기를 탔다. 밀림
사이로 커다란 물줄기가 내려다보인다. 중앙아프리카의 젖줄, 콩고
강이다. 아마존에 이어 세계에서 두 번째로 큰 강이다. 벌건 황톳빛
강물이 주위의 숲들을 삼키며 굽이굽이 흘러간다.

킨샤샤에서 3시간을 날았다. 경비행기가 맨땅에 다져진 활주로에
내리자 현지인 예닐곱 명이 우리를 맞는다. 검은 얼굴에 유난히
하얀 이를 드러낸 남자가 한걸음에 달려와 악수를 청한다. 그동안
전화와 이메일로만 접선해온 우리의 조력자, '바시카냐'이다.

그는 프랑스에 유학하고 돌아온 의사 출신이지만 부와 명예를
버리고 피그미족 인권단체를 이끌고 있다. 바시카냐는 우리에게
'이곳에 직접 취재를 온 세계 첫 방송사'라며 감사해하는데 그 말에,
마음이 더 착잡해진다.

주어진 시간이 많지 않다. 가장 가까운 피그미 마을을 찾아가는

데 트럭을 타고 3시간이 걸린다. 그리곤 숲속으로 얼마나 걸었을까. 작은 공터를 가운데 두고 삐죽삐죽한 움집들이 둘러서 있는 마을이 나타난다. 말로만 듣던 피그미족이다. 성인 남자 키가 평균 140센터 미터로 세계에서 가장 작은 종족이다. 그들과 악수를 나누면서 나는 걸리버 여행기에 나오는 거인이 되었다.

키가 작고 볼품이 없어서 세계에서 가장 놀림 받는 종족이다. 구석기시대부터 아프리카 적도의 밀림 속에 살아왔고 족내혼만 이뤄졌기 때문에 열생학적으로 키가 작을 수밖에 없다고 한다. 소녀들은 13살만 되면 결혼을 하고 아이도 낳지만 철저한 일부일처제를 지키고 있다. 수명은 마흔 살 정도여서 서른만 넘으면 노인처럼 보인다. 숲에서 태어나 나무뿌리나 열매를 채집하며 평생을 숲에서 살아간다. 움집 뒤 화톳불에서는 여인이 나무뿌리를 삶고 있었다. 삶지 않으면 소화에 어려움이 있기 때문에 이들은 대부분 식물을 삶아서 먹는다.

오늘은 이들이 춤추는 전통 의식만 촬영하고 숲 밖으로 철수한다. 어둠이 깔리고 있다. 허기진 배를 채우려 식당을 찾았지만 우리가 먹을 수 있는 음식이 없다. 아프리카 생존의 팁 하나! 아프리카에서 수인성 전염병이나 식중독을 피하려면 구운 고기를 먹는 게 좋다. 주인에게 닭고기를 구워달라고 주문했다. 한참 만에 나온 닭 다리 하나를 입에 물었는데 잘 씹히지가 않는다. 고무줄처럼 질겨서 마치 힘줄을 씹는 느낌이다. 이곳의 닭들은 곡식 낟알 같은 먹을 게 없기 때문에 하루종일 땅바닥을 휘젓고 돌아다닌다. 다리 근육이 억세질 수밖에 없다는 이유다.

저녁을 먹는 둥 마는 둥 마을에서 가장 방값이 비싸다는 숙소를 찾아갔다. 숙박비는 하룻밤에 (무려) 2달러 정도. 흙으로 바른 방에 들어가니 썩은 냄새가 진동한다. 구멍이 숭숭 뚫린 누런 스펀지가 바닥에 침대처럼 깔려있다. 벽에 도마뱀과 거미가 스멀스멀 기어 다니는 걸 보며 모기약을 뿌렸다. 한국에서 말라리아와 황열병 예방 접종을 받았지만 안심할 수는 없다. 내일부터는 차 안에서 노숙을 할지 모르기 때문에 감사한 마음으로 잠을 청해야 한다.

학살의 현장으로…

누군가 문을 두드리는 소리에 아침잠을 깼다. 문을 열어보니 집주인이 싱긋 웃으며 세숫대야를 내려놓는다. 황톳물이다. 10분 지나면

흙이 바닥에 가라앉을 테니 그때 세수를 하라고 일러준다. 오늘은 유엔군 헬기를 타야 하는 날. 오전 내내 미군 출신인 유엔군 공보장교와 "된다, 안 된다" 승강이를 벌인 끝에 가까스로 유엔군 병사들이 이동하는 헬기에 함께 타고 촬영하는 허가를 받았다.

헬기는 빠른 날갯짓으로 주위의 풀섶을 모두 눕혀 놓고서야 하늘로 솟구쳤다. 문명의 손길이 닿지 않는 중앙아프리카 적도의 이투리(Ituri) 숲. 위험 지역이라 유엔군 헬기도 두 대가 서로를 엄호해야만 다닐 수 있다.

가도 가도 끝이 없는 정글이다. 시간을 등진 듯한 이 거대한 원시의 공간에서 얼마나 끔찍한 일이 벌어지고 있는가? 숲 사이로 폐허가 된 마을들이 보이기 시작했다. 나는 헬기 안에서 마이크를 잡았다. "헬리콥터는 지금 아프리카의 열대우림 속으로 들어가고 있습니다. 위에서 내려다본 숲은 얼핏 평화로워 보입니다. 하지만 숲속으로 깊숙이 들어갈수록 전쟁의 상처들이 드러나고 있습니다."

헬기에서 내린 뒤 우리는 피그미족이 학살당한 현장에 직접 들어가기 위한 '작전'에 들어갔다. 4*4로 불리는 힘 좋은 트럭 2대와 오토바이 4대를 빌렸다. 우리는 트럭에 나눠 타고 바시카냐의 동료 4명이 오토바이를 한 대씩 몰기로 했다. 오토바이 2대는 우리보다 1시간 먼저, 나머지 2대는 30분 먼저 출발시켰다. 시차를 두고 출발한 오토바이는 마치 정찰병처럼 반군들의 움직임이 들리면 곧바로 돌아와 보고하도록 했다. 만일의 사태에 대비한 안전 조치였다.

숲길을 헤치고 얼마나 들어갔을까. 맘비사로 불리는 피그미 마을이 나타났다. 주민들이 모두 몰려나왔다. 낯선 외부인의 출현에 긴장하는 모습이다. 더구나 그들에겐 난생처음 보는 피부 색깔인 황인종이었으니 피그미 주민들이 우리를 둘러싸고 원숭이 쳐다보듯 신기하게 바라본다.

이 마을에 무장반군이 들이닥친 것은 석 달 전이다. 수류탄을 퍼부은 뒤 닥치는 대로 살해했다고 한다. 주민들이 숲속으로 달아났지만 30명 정도가 총에 맞거나 칼에 찔렸다. 70여 명에 이르던 마을 사람이 40여 명으로 줄었다. 남편의 시신을 이틀 뒤에야 찾아서 땅에 묻었다는 한 여인을 만나 인터뷰를 하고 마을을 떠난다. 트럭이 출발하려는데 뒤 칸의 적재함에 20여 명이 가득 올라탔다. 차라는 쇳덩이(?)를 처음 구경해보니 잠시라도 태워달라는 얘기였다. 어쩔 수가 없다. 차가 출발하자 흥겹게 노래를 부르기 시작한다. 피그미족의 노래가 빽빽한 밀림 사이로 구슬프게 울려 퍼진다.

'칠판 지우기' 작전

다음날, 음부루쿠 지역을 찾았다. 두 달 전 약탈을 당했는데도 마을이 말끔해 보인다. 집들이 모두 불에 타 버렸지만 나뭇가지로 엮는 움집이라 새로 짓는데 몇 시간도 안 걸리기 때문이다. 비극이 일어난 것은 저녁 무렵이었다고 한다. 마을로 들어온 무장 반군은 주민들은 향해 총을 쏘아댔다. 달아나다 붙잡힌 어린이와 부녀자들은 더 끔찍했다. 반군들은 절구통을 사용해 어린이들을 무자비하게 살해했다고 한다. 어린이 10여 명을 차례로 절구통에 머리를 박게 한 뒤 숨이 끊어질 때까지 머리를 찧었다. 부녀자들은 숲속으로 끌려가 겁탈당했다. 저항하다 어깨뼈가 부서진 여인도 있고, 15살, 13살, 11살의 세 자매를 모두 욕보이기도 했다. 무장 반군들은 피그미 여인과 관계를 하면 몸의 병을 고칠 수 있다는 미신이 있다고 한다.

우리가 식량으로 가져온 빵과 바나나가 동나기 시작했다. 드디어 한국에서 가져온 전투식량(?)을 꺼내기로 했다. 찬물만 부으면 따뜻한 짜장밥이나 카레밥이 되는 비상 도시락이다. 물을 붓자 마치 폭발이라도 하듯 '펑' 소리와 함께 뜨거운 김이 솟아오른다. 바닥에 깔린 화학성분이 밥을 데우는 것이다. 신기한 듯 주위를 둘러쌌던 피그미들이 화들짝 놀라며 달아난다. 정말 겁이 많은 사람들이다.

끼니를 때우고 다시 길을 나선다. 우리가 가는 마을마다 입에 담기조차 어려운 끔찍한 얘기를 듣는다. 무장 반군들은 피그미들의 인육을 먹었다. 반군들이 인육을 자르는 것을 목격한 사람도 있다. 인육을 석쇠 위에 올려놓고 구워 먹었다고 한다. 심지어 어머니 앞에서 어린 두 딸을 산 채로 삶았다고도 한다. 반군들은 피그미의 인육을 먹으면 힘이 세진다는 어처구니없는 미신도 있었다.

오토바이를 타고 주변을 돌아다니던 정찰인력이 급하게 돌아왔다. 반군들이 멀지 않은 곳에 있어서 우리 목숨도 위험하다고 했다. 이런 상황에서 취재를 계속하는 건 무리다.

"우리를 멸종시키려고 합니다"

열도우림 바깥으로 난민촌에 간다. 어린이들이 몰려들어 작은 손을 내밀고 먹을 것을 달라며 아우성을 친다. 난민촌에서 이들을 기다리는 것은 굶주림과 질병이다. 어린이들이 숲에서 풀을 뜯어오면 어머니는 죽을 끓였다. 난민촌 추장을 만났다. 석 달 전 외부 지원이 끊긴 뒤 먹을 것이 없다고 말했다. 한쪽에서는 냄비에서 뭔가 '탁탁' 타는 소리가 났다. 숲속에서 잡아온 벌레를 굽는 소리였다. 아이들에게 뭘 구워 먹느냐고 물으니 굼벵이라고 답했다. 한쪽에서는 기다란 송충이를 굽는 모습도 보였다.

오늘 하루도 두 사람의 장례를 치렀다. 한 사람은 말라리아로, 또 한 사람은 굶어서 목숨이 사그라졌다. 인간으로서의 처절한 생존 본능조차 이들을 지켜주지 못하는 것 같다. 떠나기 전에 피그미 난민에게 구호금을 전달하기로 했다. 미리 은행에 들러 백 달러를 현지 화폐인 콩고 프랑으로 바꾸었는데 과일 상자 하나 가득, 지폐로 채워졌다. 이곳에선 아주 큰 돈이다. 몇 달 동안 최소한의 먹거리를 구할 수 있기 때문이다. 돈을 받은 주민들은 고마움 마음에 눈물을 보였다.

이투리(Ituri) 숲의 비밀

제2차 아프리카 대전으로 불리던 콩고 전쟁이 끝났지만 피그미족의 시련은 이때부터 시작됐다. 적도 지역에 남아 있는 콩고 반군과 르완다 출신 후투족 반군들은 장기적인 게릴라전을 시작했다. 작전명 '칠판 지우기'(Effacer le tableau)였다. 마치 칠판을 지우듯이 피그미족이 사는 전략적 요충지를 싹쓸이하자는 야만적인 인종청소 작전이었다. 반군들은 왜 하필 피그미족을 표적으로 삼은 걸까? 그 해답은 숲속에 있다.

이들이 사는 이투리(Ituri) 숲은 세계에서 가장 큰 금맥인 킬로모토 금맥의 중심이다. 숲속 곳곳에 붉게 파헤쳐진 금광이 숨어 있다. 노천에서 땅을 판 뒤 금을 캐내는, 말 그대로 노다지다. 금을 찾는 소년들은 하루에 열 시간씩 땅을 파고 있었다. 이곳에서 파낸 흙을 가까운 냇가로 가져가 물로 쉴 새 없이 걸러낸다. 흙 속에 있는 금싸라기를 찾아내는 작업이다. 무장 세력은 피그미들을 숲에서 쫓아낸 뒤 직접 금광을 운영하며 아프리카 국가들에 금을 밀수출하고 있었다.

이곳에 온 지 나흘째. 이제 우리는 취재의 거점인 부니아 지역으로 돌아가는 작전을 짜기 시작했다. 남은 거리는 80킬로미터 정도. 한국에서야 한 시간이면 넉넉하게 가는 거리지만 여기서의 목표는 하루이다. 새벽부터 길을 서둘러야 한다. 오후 5시면 부니아 입구의 검문소가 폐쇄돼 길에서 하룻밤을 지내야 하기 때문이다. 열대우림의 뜨거운 열기가 차 안으로 들어온다. 비가 추적추적 내리기 시작한다. 최악의 상황이다. 길이 진흙뻘로 변하는 바람에 차 바퀴가 수렁에 빠져 오도 가도 못하는 악순환이 뒤풀이됐다. 그때마다 삽으로 웅덩이를 메우고 뒤에서 차를 미는 승강이가 계속됐다.

이날 오후 4시 40분쯤. 땅거미가 질 때쯤 천신만고 끝에 검문소를 통과해 르완다와의 국경 도시 부니아에 들어갔다. 1만 6천 명의 유엔군이 주둔하면서 콩고 동북 지방에서 유일하게 안전이 확보된 곳이다. 이제 바시카냐 등 우리의 조력자들과 헤어질 시간이 다가왔다. 그들이 말하는 아프리카식 프랑스어에 익숙해 질만 한데 아쉬운 작별의 시간이 왔다. 우리는 마치 전장에서 전우애와 같은 동료의식으로 함께 다녔다.

그리스 신화에 등장하는 소인족

고대 그리스어로 피그미는 주먹(pygmē)만한 사람을 뜻한다고 한다. 말 그대로 보통 인간의 주먹 크기에 비유되는, 아프리카와 아시아에 살았다고 하는 난쟁이 부족을 이른다.(나무위키) 하지만 피그미족은 스스로를 피그미라고 부르지 않는다. 피그미는 키가 작다고 서방세계에서 부친 경멸적인 이름일 뿐, 그들은 자신을 '음부티족'이라고 부른다.

중앙아프리카 숲에 살고 있는 피그미는 대략 60여 만 명. 칠판 지우기 작전으로 얼마나 학살됐는지 확인된 통계가 없다. 다만 인구가 절반 가까이 줄어든 마을이 많고 심지어 주민 전체가 몰살한 마을도 있다. 이들이 표적이 된 것은 미개하고 열등하다는 편견 때문이기도 하다. 피그미족은 식인종이라는 잘못된 소문도 그것이다. 이들은 역사상 쇠붙이 무기를 가져본 적이 없다. 인간들의 탐욕이 빚어낸 전쟁을 알 리도 없다. 숲에서 만난 피그미 청년의 절규는 귀에 생생하다.

"우리도 사람입니다. 숲에 살지만 동물이 아닙니다. 우리에게도 인간의 권리가 있습니다."

얼마나 더 많은 피그미가 죽어야 세계의 관심을 끌 수 있을지, 역사의 뒤안길로 사라지는 잊혀진 인종이 되는 건 아닌지, 그들이 우리에게 되묻는다. 아프리카 오지에도 귀중한 생명들이 있는데 국제 사회는 이를 외면하고 있다. 미국은 세계 경찰을 자임하면서도 아프리카 문제에는 등을 돌리고 있다. 아프리카에는 석유 자원이나 이스라엘 같은 미국의 이해관계가 없기 때문일까? 세계 공동체라는 말은 '현실정치'(Realpolitik)라는 비정한 국제정치의 굴레 속에 겉으로 외치는 레토릭에 그치고 있다. 인권의 사각지대에서 신음하는 제3세계 사람들의 절규를 언제까지 외면할 것인지….

"다른 사람이 아는 데서 죽는 것은 복 받은 거죠. 최소한 세상 사람들이 그것을 알 수 있으니까요. 가장 고통스러운 것은 여기서 죽어도 아무도 모른다는 것입니다."

사르데냐,
남자도
오래
사는
비결

이탈리아 로마의 레오나르도 다빈치 공항을 이륙한 비행기는 한 시간 만에 사르데냐 섬 상공으로 접어들었다. 창밖을 내려다보면 쪽빛 하늘 아래로 코발트색 바다가 잇닿으면서 온통 푸른색이 눈이 시릴 정도다. 이탈리아반도에서 서쪽으로 백여 킬로미터 날아와 만난 외딴 섬 사르데냐. 시칠리아에 이어 지중해에서 두 번째로 큰 섬이다.

비행기가 공항으로 가까이 갈수록 내륙의 아름다운 산맥이 시원하게 펼쳐진다. 2천 년 전 고대부터 사람들이 정착한 온화한 기후. 평균 해발 7백 미터의 산악 지형이 대부분을 차지한다. 아기자기하게 이어진 산들이 마치 초록빛 융단의 물결처럼 섬 전체를 수놓고 있다.

아름다운 섬, 평화로운 사람들

공항에서 승합차를 빌렸다. 우리는 취재 장비를 싣고 곧바로 누오로 지방으로 달렸다. 100살이 넘는 노인이 2백 명이 넘게 사는 사르데냐. 내륙으로 들어갈수록 때 묻지 않고 질박한 전원 풍경이 펼쳐진다. "메에, 메에" 곳곳에서 염소와 양 떼들의 울음소리가 메아리처럼 울려 퍼진다.

사르데냐 중부의 누오로 지방. 내륙의 산악지대로 비스듬한 산등성이마다 양 떼들이 평화롭게 풀을 뜯고 있다. 이곳에서 팔순 노인들은 젊은이 취급을 받는다. 마을 길을 들어서다 마주친 할아버지는 90년 가까이 양 떼를 몰고 있다고 한다.

"목동 일을 좋아합니다. 1917년부터 시작한 일입니다. 세계 1차 대전 때부터입니다"

올해 98살 주세페 프라주 할아버지다. 백 살을 눈앞에 둔 나이지만 걸음걸이는 여전히 당당하다. 백 년 세월이 부끄러울 정도다.

누오로 지방에서도 산골 마을인 오롤리. 공기 좋고 물이 맑아 대대손손 장수하는 마을이다. 인구는 2,700여 명. 집집마다 세월과 함께 늙어가는 장수 마을. 백 살 이상이 4명, 아흔 살 이상 노인은 55명이나 된다. 이탈리아 전국에서 장수촌으로 첫손 꼽힌다. 또 '유럽의 할아버지'로 불리던 지오바니 프라우 할아버지가 2년 전에

113살로 사망한 곳이기도 하다.

　오롤리 마을의 민박집에 여장을 푼 뒤 우리는 곧바로 시청으로 갔다. 시청에 보관돼 있는 장수노인들의 주민등록부를 찾아보기 위해서다. 세계 장수학자들이 인정하는 정확한 기록이다.

　"술리스 주세페. 1905년 10월 출생입니다." 백 살이 넘은 할아버지의 기록이지만 태어난 시간까지 적혀 있다. 모든 문서가 손으로 기록되고 출생과 사망을 경찰이 확인하는 등 엄격한 절차를 통해 보관된다고 한다.

　오롤리 마을 주민들이 오래 사는 비결은 무엇일까? "우리도 아직 잘 모릅니다. 이제 연구가 시작되고 있습니다." 안토니오 오르자나 오롤리 시장의 말이다.

　"본 주르노(안녕하세요)" 현관에 들어서자 마라찰리스 할아버지는 직접 우리를 맞이한다. 올해 나이 101살. 벽난로 앞에 자리 잡고 함께 불을 쬐며 이야기를 들었다. 살아온 세월의 무게를 이야기하듯 어깨에 걸친 낡은 숄이 유난히 고풍스럽다. 평생 양을 치고 사냥을 즐기며 살았다고 한다. 오래 사는 비결이 있냐고 묻자 낙천적인 성격 때문이라고 답한다. "언제나 마음을 편하게 가지고 욕심 없이

삽니다. 가족들과 화목하게 지내고 항상 마음의 평화를 유지하는
게 중요하다고 생각합니다."

사르데냐 섬 전체에서 백 살 이상 노인은 모두 2백 20여 명.
백세인의 남녀 성비(性比)가 1대 1이다. 대부분 서구 국가의 평균
성비는 5대 1로 여성 100세 인이 훨씬 많다. 나라마다 여성이 남성보
다 평균 5~8년 정도 더 오래 살기 때문이다. 한국은 10대 1의
비율로 여성들이 오래 산다. 사르데냐에서 남자들도 오래 살 수
있는 비결은 무엇일까? 우리는 오롤리 마을 80대 할아버지의 하루일
과를 따라가 보기로 했다. 아침 일찍 일어나 동이 트는 걸 바라보면서
84살 아메데오 할아버지의 집으로 갔다.

아메데오 할아버지의 하루

"딸랑 딸랑" 오롤리 마을의 아침은 산자락에서 울려 퍼지는 양
떼들의 방울 소리에서 시작된다. 잠자리에서 일어난 아메데오 할아
버지는 세수를 한 뒤 곧바로 아침 식사를 했다. 메뉴는 카페 올래,
우유를 탄 커피 한 잔이 전부다. 오전에 일하는 도중 새참을 먹기
때문에 아침 식사가 가볍다고 한다. 할머니는 새참과 포도주를 챙겨

서 바깥으로 따라 나왔다.

"차오(안녕)!" 60년째 부인과 뽀뽀를 하며 일을 나가는 아메데오 할아버지는 곧바로 집 근처 산등성이로 올라갔다. 어디서 나타났는지 돼지 떼가 몰려들었다. 이곳의 돼지는 산에 풀어놓고 방목을 하기 때문에 사실상 멧돼지나 다름없다. 할아버지가 먹을 것을 줄 때만 모여든다. 일주일 전에는 새끼돼지가 한 마리 더 늘었다. 돼지 마릿수가 느는 걸 보는 것도 즐거움이라고 한다.

돼지를 돌본 뒤 산등성이 다른 편으로 사라졌던 할아버지는 양 떼를 몰고 나타났다. 비가 오나 눈이 오나, 1년 365일, 하루도 쉬는 날이 없다. 목동은 일요일에도 일을 한다. 은퇴나 정년퇴직이 있을 리도 없다. "휘이, 휘이" 휘파람은 흩어지는 양 떼를 다시 불러 모으는 소리다. 양 떼를 몰고 온종일 산을 오르내리면 하루 10킬로미터 이상을 걷게 된다. "젊은이들에게 정직한 삶을 살라는 말을 하고 싶습니다. 저는 시골에 살면서 지금까지 남 부끄러운 일을 한 적 없이 정직하게 살았다고 생각합니다."

해가 중천에 떠오르면 할아버지는 새참을 먹으러 호숫가로 내려간다. 유리쟁반에 푸른 물이 담겨 정지돼 있듯 서늘하고 투명한 호수를 내려다보며 할아버지는 바위에 걸터앉았다.

"현재 내 삶에 만족합니다. 내 자식과 가족이 건강한 삶을 살고 있어 행복합니다." 할아버지는 사르데냐 전통 빵을 큼지막하게 자른 뒤 소시지와 함께 먹는다. 포도주는 물처럼 늘 마시는 음식이다. 호숫가에서 내려다보는 풍경이 정겹기만 하다

이곳에서 촬영과 인터뷰를 마친 우리도 주위의 풍광을 바라보며 상념에 잠겼다. 눈을 들어 올려다보면 해발 2000미터가 넘는 젠나르젠토 산맥이 병풍을 두른 듯 둘러싸고 있다. 산등성이마다 푸른 목초지가 펼쳐지고 이름 모를 들꽃이 피어 있다. 개양귀비 꽃과 야생 백리향, 선인장, 은방울꽃 등 초목들이 듬성듬성 자태를 뽐낸다.

누오로 지방은 옛날에 '음지의 나라'로 불릴 정도로 외부 세계와 격리돼 있던 곳이라고 한다. 전설에 따르면 지구가 아직 형태도 정해지지 않은 혼돈 상태였을 때 신이 이곳에 발을 들여놓아 그 족적을 남긴 곳이 사르데냐였다. 그래서 기원전에 이 섬을 찾은 페니키아인들과 그리스인들은 이 섬을 족적(사라데) 혹은 샌들(샌달리오타)이라고 불렀다고 한다.

사르데냐에 매료됐던 영국 작가 D.H. 로렌스는 〈바다와 사르데냐〉에서 "사르데냐는 시간과 역사 밖에 남겨진 곳이다"라고 했다. "자연의 아름다움이 흘러넘치고 투명한 바다가 있고 풍부한 맛을

내는 음식이 가득하고 고대 문명과 다양한 사르데냐 문화가 살아 숨 쉬는 곳…."

사르데냐 곳곳에서 발견되는 수많은 유적을 통해 고대 유럽의 전통은 지금도 숨을 이어간다. 그것은 페니키아, 카르타고, 로마, 스페인 등의 침략이 사르데냐에 남겨준 유산이기도 하다.

사르데냐는 또 파시즘에 저항한 사회사상가 안토니오 그람시 (Antonio Gramsci)가 태어난 고향이기도 하다. 학창 시절 읽었던 그람시가 다시 생각난다. "이성으로 비관하더라도 의지로 낙관하라." '헤게모니'와 '진지전'이란 말로 한국에서도 널리 읽혔던 그람시. 파시스트 정권의 검사는 "이 자의 두뇌를 20년 동안 정지시켜야 한다"며 20년이 넘는 징역형을 선고했지만 그람시의 자유정신을 가두지는 못했다. 그람시는 〈옥중수고〉 등 유명한 저작들을 남기고 무솔리니의 감옥에 갇힌 지 11년 만에 숨을 거두었다. 지금 바라보는 사르데냐의 험준한 산맥은 올곧고 굽힐 줄 모르는 그의 정신세계를 받쳐준 마음의 고향이었는지도 모른다는 생각이 든다.

"일 좀 한다고 아프거나 죽지 않는다"

오전 일을 끝낸 뒤 아메데오 할아버지는 집으로 돌아갔다. 할머니와 점심식사를 하기 위해서다. 할머니가 미리 마련한 점심은 이게 과연 장수 식단인가 싶을 정도로 단출하다. 냄비에 올리브유를 듬뿍 넣고 파스타를 끓인 뒤 토마토소스를 뿌렸다.

"적게 먹겠다는 생각은 하지 않고 그때그때 식욕에 따라 마음껏 먹습니다. 산간 지역에 살다 보니 생선보다는 고기를 많이 먹게 됩니다." 한국에서는 적게 먹고 육류를 자제하는 게 장수비결로 알려져 있는데 여기는 아닌가 보다.

오후 들어 마을 공터에는 노인들이 삼삼오오 모여들었다. 담장에 등을 기대고 따뜻한 햇볕을 즐기며 이야기꽃을 피운다. 노인들 가운데 담배를 피우는 사람이 없다. 마을에 일하지 않고 노는 노인이 없다는 것도 특징이다.

"일 좀 한다고 아프거나 죽지 않는다." 사르데냐 섬의 교훈이다. 81살 메레오 할머니의 집을 찾았을 때 방안에서는 베틀 돌아가는 소리가 요란했다. 할머니의 가냘픈 손가락이 쉴 새 없이 움직이고 있었다. 한 올 한 올 가다듬는 손길이 예사롭지 않다. 메레오 할머니는 마을에서 알아주는 양탄자 전문가이다. 소녀 때부터 60년 이상 이 일을 해왔다고 한다.

"베틀 움직이는 게 손발을 움직이는 운동이지만 디자인을 생각해야 하기 때문에 머리도 많이 써야 합니다. 두뇌운동도 되는 거지요."

할머니가 백발이 허연 머리카락을 쓸어 올리며 웃음을 짓는다.

저녁이 되면서 아메데오 할아버지 집에는 가족들이 모여들기

시작한다. 한 마을에 살고 있는 6남매와 손자 손녀들이 모두 모여

음식을 장만한다. 여자들은 부엌에서 요리를 하고 남자들은 바깥에

서 돼지를 꼬챙이에 끼워 통째로 굽는다.

이들이 평소 먹는 음식이 바로 세계 장수학자들이 주목하는 이른바

'지중해 식단'이다.

올리브를 넣은 야채샐러드와 토마토, 그리고 포도주가 핵심이다.

올리브기름은 칼로리가 높지만 불포화 지방이다. 햄과 돼지고기

등 육류를 곁들이는 것도 잊지 않는다.

우리는 한구석에 앉아 촬영과 인터뷰를 하며 짬짬이 식사를 함께

했다. 먼저 양젖으로 만든 치즈와 다양한 소시지를 전식으로 먹었다.

그리고 토마토소스를 얹은 스파게티를 먹는다. 한국에선 스파게티를

한 끼 식사로 먹지만 이탈리아에서 스파게티는 주 요리를 먹기

전에 나오는 전식의 하나일 뿐이다. 오늘의 주 요리는 장작불에

구운 돼지고기였다.

"장수는 저절로 주어지는 신의 선물이 아니다"

"건배! 할아버지 할머니 오래 사세요."

도중의 여흥 시간 때문에 저녁 식사는 언제나 즐겁다. 식사를 하면서 가족들은 얘기꽃을 피운다. 어려운 일은 가족 간의 대화로 풀어낸다. 식사가 끝나 가면 노래를 하고 춤도 춘다. 아들이 손풍금을 켜면 사위는 흥겨운 하모니카를 분다. 할아버지는 손녀의 손을 잡고 식탁을 돌아가며 춤을 추었다. 대가족 제도와 가족 간의 사랑도 아메데오 할아버지의 장수비결인 것이다.

밤이 깊어가자 이웃 주민들이 포도주나 과일 등 먹을 것을 들고 와 함께 어울렸다. 작은 마을이지만 이웃들이 서로 보살피는 공동체 의식, 사회 연대 의식이 있는 곳이다.

"장수는 저절로 주어지는 신의 선물이 아니다."

아름다운 자연 속에서 열심히 일하고 모두가 더불어 함께 사는 생활. 그래서 남성과 여성이 함께 오래 사는 곳. 아주 특별한 장수비결은 없기 때문에 누구나 오래 살 수 있다는 특별한 교훈을 주는 곳이 사르데냐 섬이다. 행복이 멀지 않은 데 있듯이 사르데냐 사람들에겐 장수비결도 그만큼 생활과 가까운 곳에 있지 않을까?

꽃보다
나미비아

붉은 아프리카, 지구상 가장 아름다운 사막

대서양의 푸른 물결이 해안의 사막을 따라 넘실대며 달린다. 살아가면서 이유를 알 수 없는 갈증을 느낄 때가 있다. 그럴 땐 떠나야 한다. 되도록 멀리. 붉은 아프리카로 불리는 서남아프리카 나미비아, 지구상에서 가장 아름다운 사막을 찾아가는 길이다. 과거, 어느 케이블방송에서 '꽃보다 청춘'이 선택한 새로운 여행지로 국내에 알려졌다. 나미비아는 독일 식민지를 거친 뒤 유럽 사람들에겐 색다른 휴양지로 이름난 곳이다.

수도 빈트후크에서 4륜 구동 지프를 빌려 나미브(Namib) 사막으로 향한다. 나미브는 8천만 년 전에 생성된 세계 최초의 사막이다. 그러니까 지구상에서 가장 오래된 사막이다. 가도 가도 끝이 없는, 풀 한 포기 없는 모래밭이 펼쳐진다. 푸른 하늘을 향해 솟아오른 모래 언덕은 크고 작은 포물선을 그리며 지평선으로 사라진다. 조물주의 작품일지라도 이렇게 경이롭지는 않을 것이다.

하루종일 모래 먼지를 뒤로 쏟아내며 3백 킬로미터 이상, 사막을 가로질러 달려왔다. 꼭두새벽에 출발했지만 해가 벌써 서쪽으로 기울기 시작한다. 아프리카 최대 면적의 보호구역인 너클루프 국립 공원 안이다. 사막의 숙소인 로지(lodge)는 이제 얼마 남지 않았다. 차량에서 내려 잠시 주위를 둘러본다. 황혼이 깃들 무렵, 붉은 사막은 서서히 속살을 드러내고 있다. 어디선가 바람에 실려오는 듯, 태고의 숨결이 조금씩 들려오는 듯하다.

소수스플라이 사구(Sossusvlei Dunes)

소수스플라이는 현지 토속어로 '물이 모이는 곳'이라는 뜻이라 한다. 하지만 역설적으로, 여기에 물은 없다. 남아공과 나미비아를 가르는 국경인 오렌지 강(Orange River)에서 대서양 쪽으로 수백만 년 이상 모래가 실려 왔다. 그렇게 쌓인 수많은 사구가 지금의 소수스 플라이를 만들어냈다. 이 가운데 45번 사구(Dune 45)는 나미브 사막의 하이라이트다.

45번 사구의 높이는 150m에 이른다. 정상에서 바라보는 해돋이와 일몰은 세계에서 가장 멋있는 곳으로 꼽힌다. 하지만 그 기쁨을 누리려면 뜨거운 햇볕과 싸우며, 발이 푹푹 빠지는 모래 언덕을 거슬러 올라가야 하는 고역을 감당해야 한다. 숨이 목까지 차오른다. 정상에 올라서야 볼 수 있다. 눈 앞에 펼쳐지는 광활한 사막의 바다.

가슴이 벅차오른다.

연암 박지원은 〈열하일기〉에서 압록강을 지나 청나라를 가면서 광활한 요동 벌판의 광경을 처음 마주한 뒤 말을 멈추고 주저앉았다. "한바탕 울 만한 곳(好哭場: 호곡장)이로구나!"라며 탄성을 지었다. 그리고 "하늘과 땅 사이에 탁 트여 끝없이 펼쳐진 경계를 보고 갑자기 통곡(痛哭)을 생각하는 까닭이 무엇입니까?"라는 질문에 이렇게 썼다.

"아주 먼 옛적부터 영웅은 울기를 잘했고, 미인은 눈물이 많았네. 나는 오늘에서야 비로소 알았다. 사방에 하늘 끝과 땅끝이 맞닿은 곳이 창창하니 한바탕 울어볼 만한 곳이다."

정상에서 멀리 광활한 모래 평원을 바라본다. 달나라에 와 있다는 착각도 든다. 커다란 모래 언덕은 마치 이집트 피라미드처럼 비탈진 능선을 만들어낸다. 세찬 바람에 모래 언덕이 깎이면서 칼날처럼 날카로운 능선을 세운다. 거기를 바라보고 있노라면 우리도 마음을 베이고 만다. 능선을 따라 매일 수많은 사람들의 발자국이 남아도 다음날이 되면 다시 깨끗해진다. 우리 인생도 매일 이렇게 새로 출발할 수 있다면….

석양이 진다. 서서히 황금빛 물감이 사막을 물들여오면 세계 유일의 붉은 사막은 자신의 자리를 내어놓는다. 기실, 모래사막이 붉은 건 철분 성분 때문이다. 하루 내내, 햇빛이 시시각각 굴절되면서 붉은색, 오렌지색, 자주색 등 다양한 스펙트럼을 연출한다.

정상에 앉아 배가 출출함이 느껴지면 꼭 먹어볼 만한 간식이 있다. 남부 아프리카의 말린 육포인 빌통(Biltong)이다. 빌통은 소, 타조, 누(gnu), 얼룩말 등 다양한 고기로 만들지만 우리 입맛에는 쇠고기 빌통이 제일 맛 난다. 소금 같은 간단한 양념만 친 뒤 바람에 말려 육포를 만든다. 짭짤하면서도 달콤한 향과 더불어 야생 육류의 풍미와 감칠맛을 느낄 수 있다.

나미브 사막 한가운데는 죽은 호수, 데드플라이(Deadvlei)도 있다. 오래전에 호수였던 곳이 말라붙으면서 이제는 허옇게 말라 죽은 나무들만 남았다. 저 굳건한 뿌리들은 극한의 사막을 견디고 있다. 죽어서도 천 년 가까이 제 자리를 지킨다. '살아 천 년, 죽어서도 천 년을 간다'는 소백산 주목이 생각난다.

"사막에 숲이 있다"

프랑스 작가, 장 지오노(Jean Giono)의 작품 중에 〈나무를 심은 사람〉(L'homme qui plantait des arbres)이 있다. '나'는 프랑스

남부 프로방스 지방을 여행하던 중 엘제아르 부피에(Elzéard Bouffier)라는 이름의 양치기 촌부를 만나는 데서 이야기가 시작한다. 프로방스 방투산 일대는 원래 황무지였다. 그런데 언제부턴가 울창한 떡갈나무 숲으로 변했다. 숲의 비밀은 엘제아르 부피에라는 촌부가 89살을 살며 평생 동안 매일 100개씩의 도토리 알을 황무지 위에 심은 데 있었다.

"지난날 그는 평야에 농장을 하나 가지고 자신의 꿈을 가꾸며 살고 있었다. 그러나 하나밖에 없는 아들이 죽었고 뒤이어 아내마저 잃었다. 그 뒤 그는 고독 속에서 물러나 양들과 개와 더불어 한가롭게 살아가는 것을 기쁨으로 삼았다. 그는 나무가 없기 때문에 이곳의 땅이 죽어가고 있다고 생각했다."

특별한 이유나 엄청난 사명감도 없다. 그는 황무지에 홀로 도토리를 심고 있었는데, 하루에 100개씩 3년 동안 꾸준히 10만 개의 도토리를 심어 2만 그루의 떡갈나무 싹을 틔웠다. 양치기 한 사람이 황폐한 산에 고집스럽게 일궈낸 땀의 결실이다. 황무지였던 곳에 나무가 자라고 새들이 모이고 물이 흐르고 사람들이 모이기 시작했다. 작은 열정이 세상을 바꾼 것이다.

중국에도 사막을 숲으로 일궈낸 신화가 있다. 〈사막에 숲이 있다〉는 실화의 주인공은 '인위쩐'이라는 여성이다. 황사의 진원지로 알려진, 중국 네이멍구 마오우쑤 사막에서 일어난 기적 같은 이야기다.

인위쩐은 갓 스물을 넘긴 꽃다운 나이에 갑자기 부모의 손에 이끌려 사막에 원치 않는 시집을 오게 됐다.

사막엔 오아시스도, 샘도 없었다. 하지만 그들은 관정을 판 뒤 그곳에 찔끔찔끔 고이는 물을 수없이 실어 날라 나무에 물을 주었다. 사막에서 숲을 만들어 낸 이들의 이야기에서 우리가 감동하는 것은 그들의 우직한 믿음, 그리고 무모한 실천이다.

"사막을 피해 돌아가서는 숲으로 갈 수 없었습니다. 사막에 나무를 심었더니, 그것이 숲으로 가는 길이 됐지요."

사막에 '꿈'을 심는 아이들

나비브 사막에는 '꿈나무'를 심는 사람들이 있다. 날마다 사막에 나무처럼 '꿈'을 심고 물을 주는 건 아이들이다. 사막 한가운데, 지프를 타고 달리다 뜻밖의 풍경을 만나게 된다. 척박한 모래밭에서 골프 연습을 하고 있는 청소년들. 아프리카 사막에서 골프? 도무지 상상이 안 되는 장면이지만, 여기에 미래의 골프 선수를 꿈꾸는 아이들이 있다. 골프 하면, 푸른 잔디밭 위에서 멋진 샷을 날리는 모습이 먼저 생각나지만 이곳의 아이들은 황량한 모래사막에서 골프를 연습하며 타이거 우즈와 같은 프로 골퍼가 되길 꿈꾼다.

골프에서 드라이버샷으로 불리는 첫 타는 모래밭 위에 받침대를 놓고 공을 쳐 낸다. 멀리 목표 지점에는 구멍을 파서 그린을 만들고 깃대도 꽂아 놓는다. 잔디가 자라지 않기 때문에 작은 초록색 고무 매트를 들고 다닌다. 두 번째, 세 번째 샷은 공이 떨어진 지점에 가서 초록색 매트를 깔고 그 위에 올려놓고 친다. 이곳 어린이들의 특기도 있다. 보통 사람들이 가장 어렵다는 모래밭에서의 탈출, 벙커 샷이 이들에겐 제일 자신 있는 샷이다.

오로지 골퍼가 되고 싶다는 아이들의 꿈은 사막의 모래바람도 꺾지 못한다. 가난한 청소년들은 온종일 사막 한가운데 모여 땀 흘리며 훈련을 한다. 보통 12살에서 16살까지의 청소년들이다. 여기서 만난 스테파니란 이름의 중학생은 나미비아에서 아마추어 골프 랭킹 3위에 오른 유망주다. 골프를 시작한 지 벌써 5년째다. 스테파니는 가난한 집안의 희망이다. 힘들지만, 열심히 훈련을 하다 보면 언젠가 프로골퍼의 길이 열릴 거란 기대에 부풀어 있다.

매일 오후, 가난한 사막 마을의 공터에는 동네 아이들이 하나둘씩 몰려든다. 모래 언덕과 뜨거운 태양. 이 척박한 환경이 아이들을 더 강인하게 만들고 있다. 골프는 곤경에서 탈출하는 스포츠다. 환경이 열악할수록 실력은 더 부쩍 늘어간다. 남에게 빌린 중고 골프채에다 더러는 신발이 없어 슬리퍼를 신기도 하고, 장비도 제대로 갖춘 게 없다. 하지만 골프채를 움켜진 작은 손, 진지한 눈빛이 예사롭지 않다. 한때는 남의 물건을 훔치는 비행 청소년도 있었다고 한다. 하지만 이제는 다들 신사의 스포츠인, 골프를 배우는 꿈 많은 청소년들이다. 지금은 모래밭에서 골프를 치지만 언젠가는 푸른 잔디밭이 펼쳐진 유럽의 어느 골프장에서 세계인의 주목을 받으며 플레이할 날이 올 거라 믿는다. 사막엔 꿈이 자란다.

다시 사막을 가로질러 대서양 바다와 접해 있는 도시, 월비스베이로 향한다. 뉘엿뉘엿 해가 지고 있다. 나미브 사막은 원주민들 말로 '아무 것도 없다'는 뜻이다. 그렇게 텅 빈 지평선 위에 마치 다도해의 섬들처럼 신기루가 떠오르고 있다. 아이들의 해맑은 얼굴이 오버랩 된다. 위대한 자연이 빚어내는 붉은 빛 모래 언덕마다 소년들의 땀방울들이 모이고 있다. 아직은 보잘 것 없지만 미래의 푸른 꿈들도 보이지 않게 영글어 간다. 나미브 사막에도 숲으로 가는 길이 생기고 있다.

2장

기자의 눈으로 본 얼룩진 세계

이탈리아
지역주의
갈등

[앵커]

유럽의 경제 대국, 이탈리아가 요즘 남과 북의 지역주의 갈등으로 시끄럽습니다. 이탈리아는 산업화된 북부와 농업 지역인 남부의 경제 격차가 심각한 수준인데 급기야 북쪽에서는 남쪽과 갈라서야 한다는 분리주의 움직임까지 나타나고 있습니다. 남과 북이 자치권을 누리는 연방국가로 바뀌게 될 기로에 섰습니다.

이탈리아의 남북 지역 갈등을 이충형 순회특파원이 취재했습니다.

[리포트]

이탈리아 남부, 나폴리만에 자리 잡은 산타루치아 항구, 지중해의 빛나는 햇살 아래 세계 3대 미항, 나폴리가 있습니다.

잔잔한 물결 위로 미끄러지듯 지나다니는 배들, 나폴리 피자와 스파게티의 본고장. 그래서 전 세계에서 관광객이 몰리는 곳입니다. 하지만 이렇게 아름다운 나폴리는 외부인의 눈에 비친 겉모습일 뿐, 높은 곳에서 내려다보면 도시 대부분이 달동네입니다.

관광객들이 다니는 해안도로에서 불과 몇 골목 안으로 들어가면 나폴리의 진짜 모습을 만나게 됩니다. 다닥다닥 붙은 건물들, 햇빛도 잘 들어오지 않는 비좁은 골목길마다 빈민 아파트들이 몰려 있습니다.

[인터뷰]
"여기에 40년 동안 살았습니다. 아무도 우리를 도와주지 않습니다. 정부나 그 어떤 사람도 우리를 도와주지 않습니다."

집집마다 베란다에 널린 빨래는 가난한 남부 이탈리아의 상징입니다.

[인터뷰]
"실직한 지 오래됐습니다. 두 딸과 아내를 부양해야 하지만 일자리 찾기가 매우 어렵습니다. 내가 할 수 있는 일이 전혀 없습니다."

음습한 골목 골목마다 쓰레기 더미들이 널려있습니다. 나폴리의 실업률은 50%, 성인의 절반이 일자리가 없는 빈곤층입니다.

이탈리아 남부의 대표적인 도시, 나폴리의 인구는 2백여 만 명입니다. 이 가운데 절반가량인 백만 명 정도가 이 같은 빈민가에 살고 있습니다. 해가 갈수록 도시 빈민의 수는 늘고 있고 빈민촌의 규모도 커지고 있습니다. 멀쩡한 옷차림을 한 사람들도 하루하루 먹고 살기가 힘든 사람들입니다.

[인터뷰]

"한 달 한 달 버티기가 어렵습니다. 한번 직업을 갖더라도 한 달을 버티기가 힘든 상황입니다. 특히 젊은이에게 어렵습니다."

유행의 도시 밀라노.

이탈리아 북부의 대표적인 이 도시는 분위기부터 남부의 나폴리와 딴판입니다. 이탈리아 증권 거래소와 대기업들의 본사는 대부분 밀라노에 있습니다.

패션의 메카로 불릴 만큼 세계 첨단 유행을 선도하는 도시.

소득수준이 높기 때문에 내로라하는 세계 명품 회사들이 본사를 두고 있습니다. G7 경제 대국 이탈리아의 견인차가 바로 북부 지역입니다. 경제가 발전한 북부는 로마를 기준으로 남부와 구분됩니다. 2백 년 전부터 북부는 산업화를 통한 성장 가도를 달려왔지만 농업이 주류를 이룬 남부는 빈곤에 허덕이고 있습니다.

[인터뷰] 안토니오

"북부사람들은 부를 향상시키기 위해 사기업에서 일하기를 원하는데 남부 사람들은 대부분 행정관료로 진출하길 원합니다."

남부의 평균 소득은 북부의 60% 정도 수준에 불과합니다. 게으르고 무식하다는 것이 북부 사람들이 남부 사람에 대해 갖는 일반적인 인식입니다.

[인터뷰]

"사는 방식이 다릅니다. 북부 사람들은 열심히 부지런히 뛰는 스타일이고 남부 사람들은 느리고 사악하기도 합니다."

세계 3대 프로축구인 이탈리아 세리에 에이. 북부와 남부의 보이지 않는 대결장이기도 합니다. 오늘은 북부의 대표 클럽 AC 밀란과 남부 시칠리아의 경기. 경기 시작 3시간 전부터 축구장 밖에 응원객이 몰려듭니다.

"우리 팀 밀란 파이팅"

북부 사람들은 때때로 남쪽 사람들에 대한 속내를 드러내기도 합니다.

[인터뷰]

"이탈리아 남부는 이탈리아가 아닙니다. 시칠리아 응원단은 멀리서 온 남부 사람들입니다."

[인터뷰]

"메시나에서 14시간 동안 기차 타고 왔습니다. 최소한 비기기라도 하면 좋겠습니다. 남쪽 사람들은 북부 지역에 대해 일종의 소외감을 갖고 있습니다."

[인터뷰]
"확실히 북쪽 사람은 남쪽 사람을 무시합니다."

경기가 진행될수록 응원석의 열기는 뜨거워집니다. 뜨거워진 열기만큼이나 응원단 사이를 갈라놓은 장벽의 높이도 높아만 보입니다. 일단 경기가 시작되면 어느 누구도 이 장벽을 넘어 지나다닐 수 없습니다. 곳곳에 포진한 경찰은 만일의 충돌에 대비합니다.

북부를 대변하는 정당은 남부와의 독립을 선언했습니다. 지지자만 명이 모인 가운데 북부 지역을 뜻하는 '파다니아공화국'의 독립을 선포했습니다.

[인터뷰] 보시 북부동맹 당수
"파다니아공화국으로서 이탈리아 연방으로서의 첫 움직임으로 여기 모였습니다."

이탈리아의 북부동맹. 90년대 초에 창당된 북부동맹의 가장 중요한 목표는 독립입니다. 북부의 8개 주를 남부로부터 분리시켜 연방국가로 만들자는 주장입니다.

[인터뷰] 로베르토 아르놀디(변호사)
"남부는 아랍, 아프리카 등의 영향을 받았기 때문에 북부와는

문화가 다릅니다. 다른 문화끼리는 융화될 수 없습니다."

잘 사는 북부가 많은 세금을 내서 남부를 먹여 살린다는 인식이 깔려있습니다.

[인터뷰] 줄리아노 치테리오(당원)
"우리의 세금이 중앙정부에서 어떻게 쓰이는지… 비효율적이므로 우리가 직접 사용하고 싶습니다. 북부 주민들의 연대감을 높이기 위해 독자적인 방송국도 운영합니다."

[인터뷰] 데이루카(방송국 진행자)
각 지역은 자신의 목소리를 가져야 하고 우리 텔레비는 북부의 목소리를 위한 것입니다. 파다니아공화국의 신문도 있습니다. '라 파다니아'는 매일 발간되는 일간지입니다.

미스 파다니아 대회

미스 이탈리아 선발 대회가 아닙니다. 북부동맹은 파다니아 공화국의 대표 미인도 따로 뽑고 있습니다.

[사회자]
"미스 파다니아, 첫 번째 미스 파다니아, 참가번호 35번. 사라

벤투니! 우리나라에서 가장 아름다운 여성입니다."

북부동맹이 독자적인 연방국가를 추구한다는 상징적인 이벤트입니다. 인파가 몰리는 밀라노 중심 거리. 매일 북부동맹의 홍보전이 펼쳐집니다. 연방국가를 홍보하는 자원봉사자들입니다.

"북부동맹을 노래합시다. 우리의 희망은 연방국가입니다."

[인터뷰] 시민
"북부동맹을 사랑합니다. 저는 파다니아의 자유를 원합니다. 베를루스코니 총리의 집권 연정에도 참여한 북부동맹은 두 달 전에 연방제 도입을 위한 헌법 개정안을 통과시켰습니다. 개헌안은 곧 국민 투표에 부쳐집니다."

[인터뷰] 존 카를로 팔리아리니(국회의원, 전 경제부 장관)
"개헌안이 통과 안 되면 우리는 독립선언을 할 겁니다. 파다니아 연방공화국에서 살고 싶기 때문입니다."

남부 주민들은 연방주의가 실시되면 중앙정부의 교부금이 대폭 축소돼 남부 경제가 붕괴될 것을 우려하고 있습니다.

[인터뷰] 알베르토 그루치오(밀라노 카톨릭대 정치학과 교수)

"연방주의는 지금도 열악한 남북 지역 격차를 더욱 심화시킬 수 있는 단점을 가지고 있습니다."

G7 경제대국이지만 이탈리아의 정치 선진국화는 요원해 보입니다. 지역과 계층 갈등이 한데 어울려 국가통합의 길은 멀기만 합니다.

[인터뷰] 마시모 마소네(밀라노 예술대 교수)
"이탈리아의 민주주의 수준은 우스운 수준이라 말할 수 있습니다. 정부와 시민 사이의 관계는 불합리합니다."

이탈리아가 통일 국가가 된 것은 유럽에서 가장 늦은 편인 1861년. 전국 곳곳에 서 있는 이 동상은 통일 국가의 위업을 달성한 빅토리오 엠마누엘레 2세입니다.
북부동맹의 연방주의가 성공해 남부와 딴살림을 차릴 수 있을지… 통일 국가 140년 만에 이탈리아 통일의 상징은 지역 분리주의자들로부터 심각한 도전을 받고 있습니다.

베네치아,
물난리와의
전쟁

[앵커]

수상 도시로 유명한 이탈리아의 베네치아가 물에 잠기고 있습니다. 시도 때도 없이 바닷물이 범람하면서 백 년 안에 도시가 수몰될 것이라는 경고도 나오고 있습니다. 무분별한 공업화와 도시 개발이 이뤄지면서 천 년 이상 이어져 온 수상 도시는 존립의 위기를 맞고 있습니다.

인간에 의한 환경 파괴와 이에 따른 바다 생태계 변화가 베네치아에 어떤 재앙을 가져다주었는지 이충형 순화특파원이 취재했습니다.

[리포트]

이탈리아 베네치아만의 물 위에 건설된 아름다운 도시. 운하를 따라 백여 개의 섬들이 다리로 연결돼 있습니다. 도시 전체가 세계 문화유산으로 관광객을 태운 곤돌라가 베네치아의 상징입니다. 자연에 도전해서 만든 도시는 요즘 자연의 힘 앞에 무너지고 있습니다.

마치 전쟁이라도 난 듯 도시에 사이렌이 울리면서 부둣가에 성난

파도가 밀려옵니다. 관광객들이 몰리는 베네치아 중심부, 산마르코 광장은 삽시간에 물바다가 됐습니다. 여유롭게 식사를 즐기던 야외 레스토랑은 쑥대밭이 됐습니다.

[인터뷰] 실비아
"주민들은 대피할 준비를 해야 하고 장화를 신어야 합니다."

수로를 역류한 바닷물은 폭포수처럼 골목으로 쏟아져 들어옵니다. 바닷물이 범람하면서 도시는 빠른 속도로 물에 잠깁니다. 5백 개에 이르는 이 같은 수로가 도시 전체를 거미줄처럼 연결하고 있기 때문입니다. 모든 길이 물에 잠기면서 도시 기능 전체가 마비됐습니다.

[인터뷰] 마텔로
"베니스가 마비됩니다. 교통이 정지되고 일도 못합니다. 아무 일도 할 수 없습니다."

상점마다 물이 들이닥쳐 물건들이 둥둥 떠다닙니다. 양수기로 연신 물을 퍼내 보지만 역부족입니다.

[인터뷰] 차사레 자니니(서점 주인)
"일, 영업을 할 수 없습니다. 물이 바깥에 차 있으면 사람들이

지나다닐 수가 없습니다."

때아닌 물난리가 관광객들에겐 신기해 보이지만 주민들에겐 고통 그 자체입니다.

[인터뷰] 실비아
"모든 가구와 물건들이, 집에서 침대, 카페 같은 게 부서집니다."

대여섯 시간 뒤 물은 모두 빠져나가지만 도시는 상처투성이가 됩니다. 수로와 맞닿은 건물 곳곳에 뻥뻥 구멍이 뚫리고 있습니다. 조수 간만의 차이에 따라 수위는 수시로 오르내립니다.

바닷물이 범람해 도시에 스며들면 지반이 약해지고 결국엔 제방에 균열이 생기면서 지반이 붕괴됩니다. 물속으로 들어가면 지반의 석조 구조물들이 하나둘씩 무너지고 있습니다. 현관 계단이 완전히 물에 잠겨 출입이 폐쇄된 건물도 속출하고 있습니다.

[인터뷰] 스테파노(곤돌라 운전사)
"바닷물의 염분이 가장 큰 피해를 줍니다. 건물 밑은 물론이고 건물 바깥에도 2, 3년마다 한 번씩 박아주는 작업을 해야 합니다."

유서 깊은 문화 유적들도 피해를 입고 있습니다. 베네치아 도심 성당의 종탑.

종탑을 받치는 지반이 약해지면서 마치 피사의 사탑처럼 한쪽으로 기울어지고 있습니다. 집마다 염분으로 인한 건물 부식도 일어나고 있습니다. 이 레스토랑에는 어른 허리 높이만큼 염분이 올라왔습니다.

[녹취] 엘리자(레스토랑 주인)
"짜요, 소금입니다. 맛보세요. 바닷소금입니다. 벽마다 허옇게 결정체로 굳어진 소금이 손을 대면 툭툭 떨어져 나갑니다."

베네치아에 사람이 살기 시작한 것은 지금부터 천 5백 년 전부터 외적의 침입에 쫓긴 피란민들이 바다 위에 세운 도시였습니다. 셰익스피어의 '베니스의 상인'에서 묘사된 것처럼 한때 해상 무역으로 지중해를 제패한 유럽 최강의 공화국이었습니다.

공업 지대 환경 파괴

이런 베네치아 주변에 1950년대부터 공업 지대가 개발되기 시작했습니다. 습지에 토대를 올려 공장을 만들면서 도시 주변의 지반이 가라앉기 시작했습니다. 하루에 수십 대씩 드나드는 대형 유조선들은 바닥을 침식해 유속을 더욱 빠르게 만들었습니다.

[인터뷰] 마르첼로 백작

"유조선이 들어왔을 때 생태계가 변화합니다. 조개들까지도 해안 쪽으로 딸려 들어오게 됩니다. 근처에 있는 식물들에게도 영향을 미치게 됩니다. 공장과 유조선에서 흘러나오는 기름과 오염 물질은 수중 식물들을 고사시켰습나다."

베네치아 주변의 드넓은 갯벌. 갈대숲으로 이뤄진 늪지는 갈수록 좁아지고 있습니다. 베네치아 주변 갯벌 면적이 백년전보다 반 이상 줄었다는 통계가 나왔습니다. 높아진 바닷물에 토사가 쓸려나가면서 주변 섬들의 면적도 점점 줄어들고 아예 사라진 섬까지 생기고 있습니다.

1966년 홍수

'아쿠아 알타' '높은 물'이란 뜻의 해수면 상승 현상은 지난 1966년 부터 본격화됐습니다. 3년 전부터는 물에 잠기는 날이 한 해에 백 일을 넘어섰습니다.

주민 생활 변화

아쿠아 알타는 베네치아 주민들의 삶을 질적으로 바꾸어 놓았습니다. 단지 생활이 불편한 정도가 아니라 사람이 살 수 없는 도시로 변하고 있기 때문입니다. 베네치아 시내의 식료품점과 빵집, 이발소 등 생활에 필수적인 기반 시설이 20년 사이에 절반으로 줄었습니다. 20만 명에 이르던 인구는 이제 6만여 명으로 줄었습니다.

[인터뷰]
"살기가 힘들어서 많은 젊은이들이 다른 곳으로 나갑니다."

생활비도 비싸고 물이 들어오기 때문입니다. 하지만 관광객은 늘고 있습니다. 지난 50년 사이 관광객은 열 배가 늘어나 한해 1,500만 명의 관광객들이 찾습니다.

[인터뷰] 모니카 암브로지니
"최근 15년 동안 베네치아는 많은 주민이 줄었습니다. 이젠 경제가 완전히 변했습니다. 오직 관광객을 위한 경제만 존재합니다."

모세 프로젝트 공사현장

상황이 이러해지자 이탈리아 정부는 베네치아를 구하기 위해 팔을 걷어붙였습니다. 베네치아에 바닷물이 드나드는 입구는 3곳에 모두 45억 유로를 투입해 바닷물을 막는 대역사가 시작됐습니다.

바다 한가운데서 방파제를 쌓는 작업이 한창입니다. 이곳이 바로 베니스로 바닷물이 흘러 들어가는 길목입니다. 이 길목을 사이에 두고 바다 양쪽 끝에서 해저 지반을 다지는 공사가 시작됐습니다.

모세 프로젝트, 홍해를 가른 모세의 기적을 본딴 이 프로젝트는 2011년 완공됩니다. 바닷물의 수위가 높아질 마다 70여 개에 이르는 이동식 장벽을 세워 도시를 보호한다는 야심찬 계획, 이동식 장벽은 평소 바닷속에 누워 있습니다. 바닷물의 수위가 1미터 이상 높아지면 장벽이 올라가고 수위가 낮아지면 내려갑니다.

[인터뷰] 모세프로젝트 공사현장 소장
"성공을 확신합니다. 우리는 지난 20년 동안 이 장애물을 연구해 왔기 때문입니다. 모든 세부사항이 정의됐고 모든 문제가 해결됐습니다."

하지만 야당과 환경단체들의 반대는 거셉니다. 엄청난 돈을 쏟아부어 고작 일시적인 미봉책을 마련할 뿐, 근본적인 대책이 될 수 없다는 것입니다.

[인터뷰] 리니오 브 루로메소(수상연구소장)
"최근 들어 우리에게 많은 잘못이 있습니다. 물과 근접한 지역에는 여러 가지 건축물을 세워선 안 됩니다."

천 년 이상 사람이 살아온 베네치아는 인류가 보존해야 할 세계적인 문화유산입니다. 하지만 백 년 뒤 관광객들은 곤돌라가 아니라 잠수함을 타고 도시를 둘러볼지도 모릅니다. 환경을 파괴한 인간이 부른 자연의 재앙을 어떻게 극복할 수 있을지 물의 도시, 베네치아는 지금 인간에게 준엄한 교훈을 주고 있습니다.

EU 가입
몸살
앓는
발트 3국

[앵커]

북유럽의 발트 3국을 기억하십니까? 옛 소련에서 독립했던 에스토니아와 라트비아, 그리고 리투아니아. 2년 전에 유럽연합에도 가입한 이 작은 세 나라에 요즘 심상치 않은 변화가 일고 있습니다. 경제는 빠르게 성장하고 있지만 서유럽에서 싸구려 관광을 즐기러 오는 불량한 젊은이들이 넘쳐나고 물가가 뛰어올라 서민들이 생활고를 겪는 등 EU 가입 이후 사회적으로 몸살을 앓고 있습니다.

이충형 순회특파원이 취재했습니다.

[리포트]

북유럽 발트해를 감싸고 있는 작은 나라 에스토니아. 수도 탈린은 8백 년의 역사를 간직한 고도입니다. 중세 건물들이 고스란히 보존된 구시가지는 유네스코가 정한 세계 문화유산. 아름답던 도시는 요즘 밤이 되면 딴 세상이 됩니다. 구시가지 곳곳에 술에 취한 외국인 관광객들이 비틀거리고 있습니다. 박수치고 야호 소리를 지르며

30여 명이 무리를 지어 술집을 전전하는 이들은 영국에서 왔습니다.

[녹취]
"결혼을 앞둔 친구를 위한 마지막 파티, 이른바 총각 파티를 열고
있습니다."

술에 취한 채 광란에 가까운 추태를 보이는 이들은 2박 3일 일정의
관광객들입니다. 영국 젊은이들이 총각 파티를 하러 이곳을 찾는
것은 술값이 영국에 비해 3분의 1 수준이기 때문입니다.

[인터뷰]
"매주 옵니다. 아주 싸서 옵니다. 영국과 에스토니아의 여행사가
함께 마련한 총각 파티 여행에는 일주일에 서른 개 팀이 참여합니다."

[인터뷰] 크리스텔(여행사 직원)
"오늘밤이 가장 전형적인데 저녁식사를 하고 스트립쇼를 보여줍
니다."

여자 무용수의 낯뜨거운 춤으로 이어지면서 이들의 총각 파티는
절정에 이릅니다. 구시가지의 또 다른 나이트클럽엔 영국인과 독일
인들로 가득 찼습니다.

[인터뷰] 데이비드 미추

"잉글랜드 버번에서 왔습니다. 총각 파티를 위해 왔습니다. 저는 두 달 뒤에 결혼할 예정입니다."

유럽연합 가입 이후 저가 항공이 취항하면서 영국을 오가는 왕복 비행기 삯이 고작 5만 원 정도. 2박 3일의 패키지 비용도 우리 돈으로 20여만 원에 불과합니다.

[인터뷰] 여행사 직원

"겨울에 특별히 할 일이 없었는데 영국사람들이 오면서 여름에는 훨씬 많아질 것으로 예상됩니다. 고즈넉하던 도시는 싼 술집을 찾는 외국인들의 원정 술파티 장소로 전락하고 있습니다."

[인터뷰] 라이네 할머니

"파티는 집에서 해야지, 왜 남의 나라까지 와서 합니까?"

[인터뷰] 마리안

"관광청 직원들은 좋겠지만 거주하는 사람들은 안 좋아합니다."

유럽연합 가입 축제(2004년 4월 30일)

발트 3국이 유럽연합에 가입한 것은 2년 전. 유러피언이 된다는 기대와 함께 경제 발전도 이뤄냈지만 치러야 할 사회적 대가가 만만치 않습니다. 발트 3국에서 가장 국민소득이 낮은 라트비아. 해마다 7,8%의 경제성장을 기록하고 있지만 서민들의 생활은 별로 나아진 게 없습니다.

이곳은 라트비아에서 가장 큰 재래시장입니다. 유럽연합 가입 이후 가격이 두 배까지 오른 품목도 많기 때문에 서민들은 물건을 구입하는 데 큰 부담을 느끼고 있습니다. 정작 물건을 골라놓고도 안 사는 사람들이 많습니다. 월급은 오르지 않았는데 물가만 두 배 가까이 뛰었기 때문입니다.

[인터뷰] 이나(사과 노점상)
"사과 1킬로가 옛날에는 25상팀이었었는데 1년 만에 45상팀이 됐습니다."

아직도 쌀쌀한 북유럽의 날씨만큼이나 서민들이 마음은 어둡기만 합니다. 소득수준이 서유럽 국가들의 절반에도 못 미친 상태에서 경제통합이 이뤄졌기 때문입니다.

[인터뷰]
"세금도 오르고 교통비도 오르고 집값도 오르고 전부 다 올랐습니다. 그래서 힘듭니다."

역내 경제가 완전히 개방되다 보니 고급 인력들은 외국으로 빠져나가고 있습니다.

발트 국가 가운데 가장 남쪽에 있는 리투아니아의 수도 빌뉴스에 있는 병원. 환자들의 발길이 끊이지 않지만 지난 2년 사이 의사들의 숫자가 50여 명이나 줄었습니다. 이제는 나이가 60대인 의사가 25%를 차지하고 있습니다.

이 나라 의사들의 초봉은 한국 돈으로 30만 원 정도. 젊은 의사들은 높은 연봉을 받을 수 있는 서유럽이나 가까운 스칸디나비아로 빠져나가고 있습니다.

[인터뷰]

"현재 천 리타스에 이르는 의사 월급을 앞으로 10년 동안 3배 정도 올릴 계획이지만 그것도 여의치 않으면 벨라루시나 러시아 같은 나라에서 의사를 수입해야 합니다."

지난 91년 리투아니아에서 라트비아를 거쳐 에스토니아까지 인간 사슬을 형성하며 옛 소련으로부터 독립을 쟁취했던 발트 3국. 잘 사는 유러피언이 되겠다는 부푼 꿈을 안고 유럽연합에 가입했지만 사회 개방의 가속화는 뜻하지 않은 몸살로 이어지고 있습니다.

차별에
고통받는
유랑 집시

[앵커]

유럽의 떠돌이 민족, 집시에 대해 많이 들어 보셨을 겁니다. 한곳에 정착하지 못하고 떠돌아다니는 것으로 널리 알려진 집시들이 요즘 수난을 겪고 있습니다. 주변의 보이지 않는 멸시도 서러운데 그나마 정착한 삶의 터전에서도 쫓겨나는 등 인종 차별의 희생양이 되고 있습니다.

유럽 곳곳에서 고통받는 삶을 살고 있는 집시들을 이충형 순회특파원이 취재했습니다.

[리포트]

한군데 정착하지 못하고 평생을 떠돌아다니는 민족. 천 년 이상 유럽 곳곳을 전전하며 유랑 생활을 계속하고 있습니다.

북유럽 리투아니아의 수도 빌뉴스. 도시의 외곽에 집시 마을이 있습니다. 경찰차가 진입하면서 평화롭던 마을은 아수라장으로 변했습니다. 철거반원이 들이닥치자 여인들과 아이들은 울부짖기 시작합니다. 집안에 사람이 있는데도 철거는 막무가내로 진행됩니다.

[인터뷰]

"이 집에서 아이들이 자랐고 손자까지 태어났는데 쫓아내면 어떡합니까?"

어렵사리 정착에 성공했던 집시들은 또다시 길거리에 나 앉게 생겼습니다.

집시들이 이곳에 살아온 것은 50년 전부터입니다. 하지만 사전 통고도 없이 철거가 시작되면서 하루아침에 집에서 쫓겨나고 있습니다.

[인터뷰]

"겨울에 이렇게 집 밖으로 쫓아내는 법이 어디 있습니까? 독일 나치들도 이렇게 잔인하지 않았습니다."

[녹취]

"집을 부수려면 아이들도 데려가세요. 당신들도 아이들이 있을 거 아녜요."

법원의 명령으로 당국의 불법 강제 철거는 하루 만에 중단됐지만 마을 주민들의 삶은 더욱 비참한 상태로 내몰리고 있습니다.

[녹취]

"먹을 것이 아무것도 없습니다. 이 좁은 집안에는 세 가족, 16명이 함께 살고 있습니다."

[인터뷰]

"남편이 동상이 걸려 다리를 절단하는 바람에 일을 못 합니다."

동유럽 루마니아 남부의 키틸라 지역. 마을 옆 빈 들판은 집시 마을이 있던 곳입니다. 철거된 뒤 콘크리트 잔해만 남았지만 주민들은 아직도 이 주변을 떠나지 못하고 있습니다.

[녹취] 돔무모나

"저쪽에 방이 있었고 저쪽에 현관이 있었고, 저쪽에 침대도 있었고 부엌도 있었습니다. 가재도구를 가져 나오지 못했습니다. 지난 1월, 영하 30도의 엄동설한에 이뤄진 철거도 불법이었습니다."

[인터뷰] 바실 레이(인권단체 간사)

"시 당국과 재판 중인 상황에서 철거가 이뤄질 수 없습니다. 철거 판단의 유일한 기준은 법정에서 판단해야 하는데 자기네 임의로 철거했습니다. 게다가 같은 무허가 건물인데도 다른 주민들의 집은 건드리지도 않고 집시들의 집만 철거했습니다."

[인터뷰] 이반 바시

"경찰과 시청 사람들은 집시들이 물건을 훔쳐 간다면서 집시들의 집만 철거했습니다."

집시에 대한 차별은 학교 교육에서도 마찬가지입니다. 루마니아 중부의 설라니 지역. 새로 지은 큰 건물에서는 일반 학생들이 수업을 받고 집시 학생들은 창고 같은 낡은 건물에서 책상, 의자도 없이 수업을 받습니다.

검은 머리에 검은 눈동자

집시들이 유럽에 등장한 것은 지금부터 천 년 전쯤입니다. 인도 북부 편잡 지방에 살던 민족이 유럽으로 이동했다는 설이 유력합니다. 유럽 전역으로 흩어진 집시들은 한동안 노예로 살았고 2차 대전 때는 나치에게 50만 명이 학살당하기도 했습니다. 떠돌이 생활에 따른 애환 때문에 음악에 천부적인 재능을 보였습니다.

길거리에서 방랑하는 슬픔을 담은 집시의 선율입니다.
스페인에서는 집시들의 정열이 춤으로 승화되기도 했습니다.

레스토랑 춤추기

체코와 헝가리 등 동유럽 레스토랑에 등장하는 악단은 대부분 집시들입니다. 화려한 치장, 원색의 옷차림이 집시들의 전통입니다. 춤과 노래를 즐기고 온 마을 사람들이 함께 농사를 짓는 등 공동 생활을 하고 있습니다.

[인터뷰] 집시 여인
"옛날부터 사는 게 어렵습니다. 사람들이 때리고 차별하고 무시하고 가지고 있는 재산도 다 빼앗아 갑니다."

도시로 나오면 집시들의 사정은 더욱 비참해집니다. 루마니아 수도 부쿠레슈티 외곽의 집시 집단 거주지역. 허름한 집시 아파트 주변엔 언제부턴지 철조망이 생겼습니다.

집시들은 도시에서도 한군데 모여 삽니다. 다른 주민들이 함께 사는 것을 꺼리기 때문에 이렇게 지저분한 집단거주지역을 벗어날 수 없습니다. 전기도 들어오지 않는 좁은 복도를 따라 벌집 같은 집이 다닥다닥 붙어있습니다. 좁은 단칸방에 평균 10여 명의 대가족이 모여 삽니다.

[인터뷰] 도니치카포
"채용 인터뷰를 가보면 사람들이 제가 집시라는 걸 먼저 생각합니다. 이력서를 놓고 가라지만 결국엔 연락이 없습니다."

집시라는 이유만으로 공공건물이나 레스토랑에 들어갈 때 제지당

하기 일쑤입니다. 도둑질과 구걸 등 부정적인 면만 연상하는 사람이 많기 때문입니다.

　[인터뷰] 코스텔
"집시들은 일하는 걸 싫어하고 남의 것을 훔치거나 자기들끼리만 뭉쳐서 다른 사람과 융화하기 싫어합니다. 더럽게 살면서 위생환경을 바꿀 생각도 안 합니다."

　유럽연합의 정책으로 법적인 차별은 금지됐지만 보이지 않는 차별은 오히려 심해지고 있습니다.

　[인터뷰] 집시 인권단체 간부
"차별의 근본적인 원인은 다수를 차지하는 사람들이 소수에게도 똑같은 인간의 기본권을 보장하고 존중해야 함에도 불구하고 그러지 않아서 생기는 일입니다."

　집시들이 유럽에서 유랑을 시작한 것은 천여 년 전부터이다. 가난은 끝없이 대물림되고 그나마 정착한 곳에서도 쫓겨나고 있어 유랑의 악순환은 그치지 않고 있습니다. 집시에 대한 차별 해소와 인권 회복은 통합 사회로 가는 유럽의 난제로 떠오르고 있습니다.

'무지개 국가(남아공)'의 그늘, 끝없는 양극화

[앵커]

지난 1990년, 아파르트헤이트로 불리던 극단적인 인종 차별 제도가 철폐됐던 남아프리카공화국이 오는 2010년 월드컵 개최지로 선정되면서 새롭게 세계의 주목을 받고 있습니다.

다양한 인종이 함께 살아가는 이른바 '무지개 국가'를 표방하고 있지만 수십 년 동안 뿌리 깊게 자리 잡았던 아파르트헤이트의 잔재 때문에 흑백 간의 빈부격차는 여전히 극심한 상태입니다.

세계적으로도 심각한 양극화 사회로 꼽히는 남아공의 현실을 이충형 순회특파원이 취재했습니다.

[리포트]

푸른 바다, 대서양을 마주 보고 우뚝 선 바위산.

8억 년 전 바닷속에서 불쑥 솟아오른 뒤 탁자처럼 평평해진 이른바 테이블 마운틴이 도시를 병풍처럼 둘러쌌습니다. 유럽인들이 아프리

119

카 대륙에 건설한 최초의 전진 기지. 항구에는 식민시대 네덜란드풍의 건물들이 줄지어 서 있고 유럽의 어느 한 도시에 와 있는 착각을 불러일으킬 정도로 거리엔 백인들 일색입니다.

하지만 도시 변두리로 가면 온통 흑인들입니다. 케이프타운 외곽의 고속도로에 갑자기 흑인들이 몰려듭니다. 춤추고 노래하는 것은 아프리카 흑인들 특유의 시위 방식입니다. 수백 명이 한꺼번에 몰려나오면서 고속도로 한쪽이 순식간에 점령됐습니다.

이 흑인들은 지금까지 28년 동안 전기가 들어오지 않는 마을에 살고 있습니다. 전기 공급을 요구하는 이들의 시위는 이번이 다섯 번째입니다. 고속도로가 완전히 점거되면서 교통은 마비됐습니다. 시위가 두 시간 동안 이어지고 되돌아가려는 차량들이 뒤엉키면서 고속도로는 아수라장이 됩니다.

흑인 정부가 들어섰고 그 후에 국회의원을 3번이나 새로 뽑았지만 전기를 공급하겠다던 정치인들의 공약은 지켜지지 않고 있습니다.

[인터뷰]
"오래전부터 전기 없이 살았습니다. 전기를 주겠다고 약속해놓고 주지 않고 있습니다."

흑인들이 모여 사는 빈민가는 가까운 개천 옆에 있습니다. 남아공 전체인구 4천 7백만 명 가운데 흑인이 차지하는 비율은 대략 77%, 양철판을 이어 만든 허술한 집에 한 가족이 모여 사는 전형적인 빈곤층의 모습입니다.

이 지역의 실업률은 60%가 넘습니다. 이 가족은 아침저녁으로 옥수수죽을 끓여 먹는 게 끼니의 전부입니다.

[인터뷰] 노마키스
"충분히 먹지를 못합니다. 점심은 한 달에 한 번 정도 먹을 수 있습니다. 영양실조에 걸린 아이들은 지나친 녹말 성분 때문에 배가 부어오릅니다."

흑인 거주 지역과 대조적으로 백인들은 케이프타운 시내를 굽어보는 언덕에 모여 삽니다. 풍광이 아름다운 호숫가에도 백인들의 저택이 모여 있습니다. 집안에는 널찍한 거실이 있고 정원에는 수영장이 딸려 있습니다. 백인 상류층의 1인당 GDP 추정치는 평균 2만 달러 정도로 선진국 수준입니다. 개인사업이나 농장을 경영하는 사람이 많고 취직을 하면 주로 사무 관리직으로 일합니다.

케이프타운의 새벽·5시. 아직 날도 밝기 전, 어스름한 어둠 사이로 흑인들은 뭔가를 기다리며 서성대고 있습니다. 날품팔이 자리를 찾고 있지만 누군가 와서 데려가는 건 일주일에 이틀 정도에 불과합니다.

[인터뷰] 구직자

"무슨 일이라도 하고 싶습니다."

잡을 수만 있다면. 배운 게 없고 기술도 없는 흑인들이 그나마 할 수 있는 일은 값싼 노동력을 필요로 하는 생산직입니다.

레토르트 식품을 만드는 이 공장엔 밤에도 불이 훤합니다. 밤 10시가 넘은 시간에도 분주하게 야채를 다듬고 있는 노동자들은 모두 흑인들입니다. 밤샘 작업을 해야 하지만 그나마 일할 수 있다는 게 고마울 뿐입니다

[인터뷰]

"하룻밤에 15시간 일합니다. 행복합니다. 한 시간에 8랜드 50센트 정도 받고 있습니다."

아파르트헤이트

인구의 10%에 불과한 소수 백인들이 모든 부와 권력을 독점했던 남아공의 극단적인 인종차별 정책입니다. 온갖 고문과 납치, 살인 등의 방법으로 흑인 해방운동을 탄압했고 흑인들은 백인들로부터 철저히 격리된 삶을 살아야 했습니다.

아파르트헤이트가 철폐된 것은 지난 1990년. 넬슨 만델라가 흑인 최초의 대통령으로 선출되는 등 흑인 정부가 들어섰지만 제도적인 인종 차별이 사라진 대신에 흑백 간의 빈부격차가 심각해졌습니다.

남아공 최대의 도시, 요하네스버그.

고층 건물들이 하늘을 찌르는 남아공 경제의 중심도시지만 백인들과 흑인들이 사는 지역은 달라진 것이 없습니다.

전통적인 흑인 거주지역인 소웨토의 클립타운

흑인들은 15년 전과 마찬가지로 전기가 들어오지 않는 양철 판잣집에 살고 있습니다.

흑인들이 사는 지역에는 빈부격차가 없습니다. 모두가 가난하기 때문입니다. 모두가 집에 먹을 것이 없고 마을 전체가 양철로 만든 집에 살고 있습니다.

라디오를 고치는 이 중년 남자는 이 마을에서 가장 성실한 사람으로 꼽힙니다. 부인과 세 아이 등 다섯 가족이 모두 에이즈 보균자입니다. 석탄덩이도 팔면서 부지런히 일하지만 살림살이는 나아지지 않고 있습니다.

[인터뷰]

"15년 전과 비교해서 생활이 달라진 것이 없습니다. 힘이 듭니다."

흑인 중산층을 육성하기 위한 정부의 다양한 흑인 우대정책에도 불구하고 보이지 않는 차별과 높은 실업률이 흑인들의 발목을 잡고 있습니다.

[인터뷰] 리나/어린이 학교장
"차별은 중단되지 않았습니다. 특히 낮은 교육 수준 때문에 일자리를 구하기 어렵고, 소득수준이 낮기 때문에 또 교육을 받지 못하는 악순환이 부익부, 빈익빈 양극화의 주된 원인입니다."

남아공의 남쪽 끝자락 희망봉. 아프리카 대륙의 최남단입니다. 오른쪽엔 대서양, 왼쪽엔 인도양의 푸른 바다가 넘실대는 곳. 5백여 년 전, 포르투갈 탐험가 바스코다가마가 인도로 가는 항로를 개척하면서 유럽인의 희망으로 그 이름이 붙여졌습니다

하지만 그것은 아프리카인에게 노예 제도와 식민통치라는 3백 50여 년, 절망의 시작이었습니다. 그리고 현대사의 40여 년 동안 이어진 잔혹한 아파르트헤이트는 치유되기 어려운 상처를 남겼습니다.

모든 인종이 더불어 함께 사는 이른바 무지개 국가를 건설하겠다는 남아공. 흑백 간의 빈부격차를 극복해 진정한 화해와 국민통합을 이룰 수 있을지, 그래서 희망봉이 아프리카인들에게도 희망의 땅으로 거듭날 수 있을지, 다음 월드컵을 개최하는 남아공의 앞길에 양극화 해소라는 무거운 숙제가 놓여 있습니다.

아프리카의
대박
인생,
新 골드러시

[앵커]

척박한 땅에 살면서 가난에 허덕이는 아프리카 대륙에도 대박을 꿈꾸는 사람들이 있습니다. 얼마 전 서부 아프리카에서 금맥이 발견되면서 16개 나라, 10만여 명의 사람들이 몰려들어 금을 캐고 있습니다.

2백여 년 전, 아프리카 전역을 들끓게 했던 골드러시에 이어 현대의 새로운 골드러시가 서부 아프리카를 들뜨게 하고 있습니다.

일확천금을 노리는 아프리카인들의 꿈을 이충형 순회특파원이 취재했습니다.

[리포트]

서부 아프리카 말리와 코트디브와르의 접경지대.

길도 없고 인적도 끊긴 오지에 가도 가도 끝이 없는 밀림이 펼쳐집니다. 문득 울창한 숲이 없어지면서 홀연히 나타난 드넓은 벌판. 사람들이 몰려와 나무를 모두 베어낸 뒤 금을 캐고 있습니다. 요즘

아프리카 사람들이 신천지로 부르는 노천 금광. 모두 일확천금의
기적을 믿는 사람들입니다.

[인터뷰]
"금을 찾고 있습니다. 저의 미래를 준비하기 위해서요."

이른 아침부터 온몸에 흙투성이인 사람들이 바삐 움직입니다.
동그란 좁은 구멍마다 수십 미터 아래서 작은 불빛을 깜박이며
땅을 파고 있습니다.

[인터뷰]
"금 3그램을 찾았습니다. 1그램에 7천5백프랑이니까 모두 2만2천
5백 프랑 정도 벌었습니다."

[인터뷰]
"오늘은 만족합니다. 운에 달렸습니다. 때로는 많이 벌고 때로는
적게 법니다. 이들이 찾는 것은 작은 금덩이, 말 그대로 금싸라기입
니다."

[인터뷰]
"이건 좀 크네요. 0.3그램 정도 됩니다."

잠깐이라도 한눈을 팔면 금싸라기를 놓치기 때문에 손놀림이 예사롭지 않습니다.

[인터뷰]
"많이 벌 자신이 있지만 신에게 달려 있습니다."

이곳에 금맥이 발견된 것은 10달 전쯤.
누가 발견했는지도 모르지만 노다지가 있다는 입소문이 퍼지면서 몰려든 사람이 10만 명을 넘습니다. 국적도 다양해서 토고와 세네갈, 기니, 부르키나파소 등 아프리카 16개 나라의 사람들이 왔습니다.

[인터뷰]
"고향에 돌아갈 겁니다. (어디서 왔습니까?) 토고의 아파냥카라에서 왔습니다."

[인터뷰]
"부르기나파소에서 왔습니다. 석 달 전부터 여기에 왔습니다."

아프리카 특유의 이른바 개미군단식 금광 개발이 이뤄지고 있습니다. 자원 개발을 위한 기술과 자금이 부족한 아프리카에서 정부나 기업이 나서기도 전에 주민들이 금맥을 선점한 경우입니다. 원래 주인이 없는 숲에 많은 사람들이 북적거리다 보니 정부도 통제를 포기한 채 강 건너 국경만 넘지 못하게 하고 있습니다.

[인터뷰]
"국경을 넘을 때만 허가가 필요합니다. 옆 나라에 갈 때만 시장의 허가증을 받습니다."

여섯 달 전부터 땅을 파고 있는 이 가족은 할아버지부터 어린 손주까지 3대가 흙구덩이 옆에 천막을 치고 생활합니다.

[인터뷰] 여자
"일이 위험합니다. 하지만 금을 찾아서 가족들이 행복하게 살 겁니다."

이곳에서 일확천금, 한몫을 잡으면 아프리카에서는 로또 복권에 당첨되는 것과 마찬가지. 그만큼 장래를 향한 희망도 다양합니다.

[인터뷰]
"많은 돈을 벌고 싶습니다. 고향에 돌아가기 위해서요."

[인터뷰]
"집도 짓고 가축도 사고 싶습니다."

[인터뷰]

"돈을 많이 벌면 유럽에 가고 싶습니다. 워낙 오가는 사람들이 많다 보니 도둑과 사기꾼도 들끓고 있습니다."

[인터뷰]

"잠깐 자리를 비운 사이에 누군가 하루종일 모아둔 금 바가지를 훔쳐 달아났습니다."

이들이 사는 마을은 사실상 아프리카 최대의 신도시라 할 수 있습니다. 나무 기둥에 천막을 두른 허름한 집들이 늘어서 있지만 이곳에선 별천지로 불립니다. 겉보기에는 구별이 안 가는 호텔과 식당, 옷가게 등 없는 게 없습니다.

날이 어두워지면 곳곳에서 금을 사고 파는 흥정이 벌어집니다. 지금은 금을 사들이는 상인도 대목을 잡는 시간. 불순물을 바람에 날려 보낸 뒤 저울에 달아 무게를 잽니다.

1그램당 금 가격은 우리 돈으로 만 5천 원 정도. 아프리카인에게 이 정도면 아주 큰 돈입니다.

[인터뷰]

"오늘 0.82그램을 찾았습니다. 그러니까 6천3백50프랑입니다. 만족합니다. 매우 만족합니다. 돈을 벌었으니까요."

금 상인은 오늘 하루 30그램의 금을 사들여 보석상에게 되팔았습니다. 조금만 더 벌면 일생의 소원을 다 이룰 수 있을 것으로 믿고 있습니다.

[인터뷰]
"미래를 준비할 겁니다. 저택도 사고 밭도 사고 싶습니다."

밤이 되면 도시는 더욱 분주해집니다. 금을 캔 사람들이 돈을 쓰기 시작하면서 이곳은 이 나라에서 가장 많은 현금이 거래되는 상업도시가 됐습니다. 새벽 1시까지 술 파티가 벌어지고 식당마다 손님들이 문전성시를 이룹니다. 수프를 얹은 아프리카식 장터 국밥이 최고의 인기. 한몫을 잡은 사람들은 양을 잡아서 한턱내기도 합니다.

[인터뷰]
"많이 번 사람이 많습니다. 하루에 1킬로그램을 찾은 사람도 있습니다. 수백 그램을 찾은 사람도 있습니다. 때로 많이 법니다."

아프리카에서 이른바 골드러시가 시작된 것은 1800년대.
유럽인들이 몰려들었던 남아프리카 요하네스버그는 황금 도시라는 별명이 붙여졌습니다. 아직도 깊이가 백 미터가 넘는 금광 구덩이가 널려있습니다. 그 후 현대에 들어 세계 최대의 자원 보유국이

된 중앙아프리카 콩고를 거쳐 요즘은 서부 아프리카에서 새로운 골드러시가 시작된 것입니다.

언젠가는 금을 손에 가득 쥐고 고향으로 돌아가겠다는 부푼 꿈을 안고 사는 사람들. 골드러시는 기적을 믿는 아프리카 사람들에게 새로운 희망으로 되살아나고 있습니다.

남아공
포도주
산업의
그늘

[앵커]

남아프리카 공화국은 세계적으로 유명한 포도주 생산국으로 손꼽히고 있습니다. 그러나 식민지 시대부터 수백 년의 역사를 자랑하는 남아공의 포도주 산업은 흑인들의 저임금 노동력에 의존하면서 각종 사회 문제를 양산하고 있습니다. 특히 흑인 노동자들에게 저질 포도주를 임금으로 대신해 나눠주는 뿌리 깊은 악습 때문에 잘못된 음주 문화가 생겼고, 이로 인한 여성 노동자들의 알코올 중독 때문에 기형아 출산이 세계에서 가장 많은 것으로 나타났습니다.

남아공 포도주 산업의 뒷그늘을 이충형 순회특파원이 취재했습니다.

[리포트]

남아프리카 공화국의 북서부 지방 대서양의 파도가 밀려오는 해안선을 따라서 포도 농장들이 끝도 없이 펼쳐집니다. 프랑스 보르도 지방에 비견될 정도로 많은 포도주가 생산되면서 남아공의 보르도

로 불리는 곳. 세계 8위의 포도주 생산국인 남아공의 최대 포도
농장 지역입니다.

계절이 한국과 정반대이기 때문에 이곳은 지금이 늦가을. 아직
따가운 아프리카의 햇살 아래 포도밭마다 흑인 노동자들이 부지런히
일하고 있습니다.

[인터뷰]
"매우 힘듭니다. 아침 6시부터 오후 5시까지 일합니다. 막바지
포도 수확기를 맞아 농장은 지금이 가장 바쁜 때입니다."

노동자들은 대부분 과거 식민지 시절, 할아버지 때부터 포도 농장
에서 일해온 흑인들입니다.

[인터뷰]
"받는 돈에 비해 일이 매우 힘듭니다. 그게 불만입니다."

인종차별 정책인 아파르트헤이트 당시, 샴보킹으로 불리는 채찍질
이나 강제 노동은 없어졌습니다. 하지만 포도 농장일은 여전히 저임
금에 시달리는 중노동입니다.

[인터뷰]
"일이 힘듭니다. 햇빛이 뜨겁습니다. (일주일에 얼마나 받나요?)

250랜드(4만 원) 받습니다."

흑인들은 농장에서 이른 아침부터 포도를 따고 있습니다. 이런 박스 하나에 포도를 가득 채울 경우 이들이 받을 수 있는 돈은 한국 돈으로 백 원 정도에 불과합니다. 포도 한 박스를 채울 때마다 한 개씩 모으는 토큰의 개수가 나중에 받을 수 있는 돈입니다.

[인터뷰]
"23개입니다. 이게 나중에 바꾸는 주화입니다."

하지만 이런 낮은 임금조차 돈이 아닌 현물로 받는 경우가 많았습니다. 이른바 돕 시스템.
백인 농장주들이 흑인 노동자들에게 급여 대신 싸구려 포도주로 노동의 대가를 지급해온 남아공 포도 농장의 관행입니다. 보통 1리터 정도의 저질 포도주가 하루 임금이었습니다. 요즘도 북서 케이프 지방의 일부 농장에서는 임금의 일부를 포도주로 대신 주는 불법 행위가 계속되고 있습니다.

[인터뷰] 배일리
"돕 시스템이 1929년에 제한되고 1968년에 불법화 됐지만 아직도 존재하고 있습니다."

돕 시스템이 낳은 가장 큰 문제는 흑인 노동자들의 알코올 중독. 포도주를 임금으로 받은 노동자들은 식사조차 술로 대신하기 때문에 결국엔 알코올 중독에 빠져듭니다.

포도 농장 노동자들이 세 들어 사는 이 마을에는 알코올 중독자들이 넘쳐납니다.

남아공 와인 산지에 위치한 도시 웰링턴. 알코올 중독에 빠진 노동자들은 토요일마다 차를 함께 타고 시내에 나옵니다. 별다른 여가 생활이 없는 흑인들은 주말에도 술에 젖어 삽니다. 세벤스로 불리는 불법 술집들은 싼 술을 찾는 흑인 노동자들로 늘 만원이고 거리마다 몸을 가누지 못하는 흑인들이 비틀거리고 있습니다.

술을 마시지 않았는데도 눈동자에 초점을 잃은 어린이들이 유난히 많습니다.

FAS로 불리는 이른바 태아 알코올 증후군에 걸린 아이들입니다. 임신 중인 어머니가 술을 마실 경우 태아에게 나타나는 기형 증세로 눈 모양이 이상해지는 등 얼굴이 기형인 채로 태어나고 정신과 신체의 발달도 늦습니다.

[인터뷰] 래런스 존슨(케이프와인랜드 행정)
"태아 알코올 증후군은 식민시대와 돕 시스템의 유산입니다."

대낮에도 술에 취한 채 길바닥에 누워 있는 부모들.

부모가 모두 알코올 중독자인 데이비드 형제는 둘 다 태아 알코올 증후군에 걸린 채 태어났습니다. 아직도 술에 취해 사는 부모들은 결국 친권을 포기하고 양부모에게 아이들을 넘겼습니다.

[인터뷰] 마릴린 반위크/어머니(생모)
"난 화가 나서 술을 마십니다. 내겐 돈이 있으면 안 됩니다. 곧바로 술을 사서 마시기 때문입니다."

포도농장 노동자의 자녀들이 많이 다니는 웰링턴의 한 초등학교. 한 반, 40명 가운데 평균 6명의 학생이 태아 알코올 증후군에 걸려 있습니다. 증후군에 걸린 아이들은 학교 수업을 따라가지 못합니다.

[인터뷰] 세실 드라이버/초등학교장
"이 어린이들은 학습 능력에 심각한 문제가 있습니다. 특수학교가 필요합니다."

학교에서 귀가한 뒤 부모가 별도의 교육을 시키고 있지만 12살인 이 어린이는 아직도 단순한 덧셈 공부를 되풀이하고 있습니다. 포도 농장에서 일하면서 임신 중에도 술을 마신 어머니는 뒤늦게 아이의 상태를 돌이킬 수 없습니다.

[인터뷰]

"아이에게 치명적이란 걸 저도 알지만 어쩔 수 없었습니다. 토요일이면 나는 언제나 술을 마셨습니다."

도시 지역의 병원에는 태아 알코올 증후군 여부를 확인하려는 임신부들의 발길이 이어지고 있습니다.

[인터뷰] 산모

"내 아이입니다. 아이를 너무 사랑합니다. 너무 고통스럽습니다. 어머니가 알코올 중독에 빠진 포도 농장의 아이들은 대부분 지능지수, IQ가 75 정도에 불과한 정신 지체아가 됩니다."

[인터뷰] 콜렌 아드남스(아동의학 박사)

"맨 왼쪽이 정상이지만 가운데는 뇌가 작고 위축돼서 학습과 행동에 어려움이 있고, 맨 오른쪽도 뇌가 작고 발달이 안됐습니다."

남아공에서 태아 알코올 증후군에 걸린 어린이 환자는 50여만 명.

전 세계에서 환자 수가 가장 많습니다. 해마다 2만 5천 명의 신생아가 태아 알코올 증후군을 안고 태어납니다. 어린이들은 대부분 정상적인 사회생활을 하지 못하고 부모처럼 알코올 중독이나 범죄의 소굴로 빠져듭니다.

[인터뷰] 루빈 아담스(정신상담치료사)

"아이들의 데미지는 치료가 불가능합니다. 어린이의 생활을 도와줄 수 있을 뿐입니다."

4백여 년의 역사를 가지고 이제 세계적인 명성을 얻게 된 남아공의 포도주 산업.

포도 농장에는 해마다 수만 명의 관광객들이 몰려들고 있지만 그 이면에는 돕 시스템이라는 파행적인 포도주 분배 체계와 고질적인 저임금의 역사가 숨겨져 있습니다.

특히 수 대에 걸쳐 노동자들의 알코올 중독은 돌이킬 수 없는 사회적 부작용을 낳았고 애꿎은 어린이들이 그 희생양이 되고 있습니다.

[인터뷰]

"집이 좁고 화장실도 없습니다. 마을에 수도꼭지도 하나밖에 없습니다."

[인터뷰]

"이곳에 모든 농장은 백인들이 소유하고 있습니다. 이곳은 모두 백인들 소유이기에 컬러드나 흑인은 없습니다."

전통적
주술로
질병을
치료하는
아프리카

[앵커]

현대 의학보다 전통적 주술을 맹신하는 아프리카에서는 아직도 주술사들이 질병을 고치는 치료 행위를 하고 있습니다. 하지만 사람의 신체 일부를 약재로 사용하는 경우도 있어 희생자가 발생하기도 합니다.

이충형 기자가 현지 취재했습니다.

[리포트]

요란한 장단과 춤 사위가 예사롭지 않습니다.

신들린 듯한 춤과 노래. 질병의 원인이 되는 악귀를 몰아내는 의식입니다.

주술사는 마을에 없어서는 안 되는 의사이기도 합니다. 마을마다 주술사의 집엔 환자들이 문전성시를 이룹니다. 가벼운 감기에서부터 말라리아, 에이즈에 이르기까지 증상도 다양합니다.

[인터뷰] 환자

"오랫동안 배가 아팠는데 여기 와서 일주일 동안 치료를 받았더니 이제 다 나았습니다."

주술사는 풀뿌리와 동물 뼈를 섞어 만든 약재를 환자에게 처방해 줍니다.

[인터뷰] 주술사

"이건 물에 타서 목욕을 하면 행운이 찾아와서 모든 일이 잘 풀립니다. 로또복권에도 당첨될 수 있습니다."

동물 뼈를 바닥에 던져 환자의 증세를 진단합니다. 완치될 가능성이 있는지 앞으로의 운명까지 알 수 있다고 말합니다.

[인터뷰] 주술사

"이 뼈가 뒤집히면 운이 좋고 뼈가 제대로 있으면 운이 나쁜 것입니다."

환자는 약을 반드시 손등에 얹은 뒤에 들이마셔야 효과를 볼 수 있다고 합니다.
주술사들은 대부분 조상신의 신내림을 경험한 뒤 주술사의 길로 들어서게 됩니다.

[인터뷰] 싱고마 해피니스
"머리가 너무 아팠습니다. 의사나 병원에서도 [슈퍼]치료가 불가능했습니다. 이곳에 와서 한 달 만에 나았습니다."

5달 동안 교육받은 뒤 상고마가 됐습니다. 뼈를 깎는 수련 과정을 거쳐야 비로소 한 명의 주술사가 탄생합니다.

[인터뷰] 주술 교육생
"훈련이 매우 힘듭니다. 새벽 2시에 일어나서 무티를 만들어야 하고 몸을 씻어야 합니다."

면도날로 몸에 칼집을 내는 것은 막힌 혈을 뚫어 기를 불어넣는 과정입니다. 정신병과 에이즈 등 주술사들이 치료를 맡지 않는 분야가 없습니다.

[인터뷰] 정신병 환자
"집 안에 있으면 집이 빙빙 돕니다. 또 바깥에 나오면 산이 나에게 무너져 덮칩니다."

남아프리카의 경제 중심지 요하네스버그.
아프리카 대도시마다 무티를 전문적으로 사고 파는 약재시장이 들어서 있습니다. 이 시장거리에서는 수십 개의 점포들이 모여서 아프리카 곳곳에서 들어온 무티를 판매하고 있습니다. 점포마다 수렵이 금지된 온갖 야생 동물들의 뼈가 진열돼 있습니다.

[인터뷰]
"이건 말 뼈, 이건 사자 뼈, 이건 당나귀, 낙타, 원숭이…"

주술사들은 이곳에서 동물 뼈를 사들여 환자에게 처방합니다.

[인터뷰] 주술사
"식물 하나만으로는 약효가 떨어지기 때문에 동물 뼈를 사용합니다. 그러면 환자가 낫습니다."

그럼 동물 뼈를 처방하고도 낫지 않는 난치병은 어떻게 치료를 할까?
일부 주술사들은 이런 때 사람의 신체 일부를 약재로 처방하는 끔찍한 일을 저지르고 있습니다.

[인터뷰] 주술사
"인간 무티를 쓰는 사람들은 비밀리에 사용하고 공개를 하지 않아서 드러나지 않습니다."

이 여성의 10살 된 아들, 텔로는 얼마 전 주술사에게 붙잡혀 잔인하게 살해됐습니다.

[인터뷰] 로살라

"아들 시신을 찾았지만 손이 잘리는 등 몸이 성하지 않았습니다.
머리도 훼손된 상태였습니다."

해마다 어린이 10여 명이 주술사에 붙잡혀 숨지고 있습니다.
아프리카 전역에서 퍼져 있는 주술사는 대략 20만 명으로 추정됩니다. 전통적인 문화로 자리 잡고 있는 주술 치료가 미신을 넘어 사람들의 생명까지 위협하고 있습니다.
KBS 뉴스 이충형입니다.

공무원
해외연수
실태 보고

[앵커]

해마다 4백여 명의 공무원들이 국민 세금을 지원받아 해외 장기 훈련을 떠나는 사실을 아십니까?

이들 가운데 상당수가 평일에 매일 골프장에서 시간을 보내거나 직무훈련 기관에 나가지 않고 있는 것으로 드러났습니다. 공무원들의 이 같은 도덕적 해이 뒤에는 30년째 계속돼온 정부의 부실한 제도 관리가 숨어 있습니다.

이충형 기자가 심층 취재했습니다.

[리포트]

봄학기를 맞은 미국의 대학 캠퍼스. 장기연수를 하는 한국 공무원들이 가장 많이 찾는 미주리 대학입니다.

〈주택가〉

이들의 평일 일상을 관찰해 보았습니다. (찰칵… 골프백 트렁크 싣기)

가까운 골프장은 아침부터 한국 공무원들로 북적입니다.

[골프장 관리인]
"전부 한국인들입니다. 그들이 뭐하는 사람인지 묻지 않아요."

학교나 연수기관이 아닌 골프장으로 출근하는 공무원이 많습니다.
취재진이 안으로 들어갔습니다.

[인터뷰]
"저는 당뇨가 아니, 고혈압이 있어서 9홀밖에 안 돕니다."

많은 고급 공무원들이 취재진이 지켜본 5일 연속 골프를 쳤습니다.
애써 취재진을 피하는 사람들이 많습니다. 취재진이 입수한 이
지역 골프장 2곳의 출입자 명단입니다. 중앙부처 한 서기관의 경우입
니다.

9월, 10월, 11월
이렇게 한 달에 15번 이상 골프장에 나오는 공무원들만 10여
명에 이릅니다.
해외 장기훈련을 떠나는 공무원은 50개 중앙부처와 지방자치단
체, 입법부와 사법부 공무원까지 포함해 한해 4백여 명에 이릅니다.
연수 기간은 2년이 가장 많고 훈련비용은 전액 국가예산으로 지원됩

니다. 평소 받던 월급도 그대로 받습니다.

미국의 공공기관에서 직무훈련을 받는 공무원들을 찾아보았습니다.

– "한국에서 온 OOO가 있나요?"
"그런 사람 없습니다."

– "한국 정부에서 훈련 온 사람 있습니까?"
"아뇨, 그런 건 대학에서 가능할 겁니다."

이 공무원들은 어디에 있을까?
주소를 수소문해 집으로 찾아가 봤습니다
평일 낮 시간, 공무원은 집에 있었습니다.

[녹취]
"솔직히 문제가 많다는 걸 시인할 수밖에 없네요. 지금 직무훈련 안 하고 있다, 지연됐고…"

사정이 이렇다 보니 현지 교민이나 유학생 사회로부터 따가운 눈총을 받는 경우가 많습니다.

[교민]

"본인들의 업무를 하는 데 신경을 쓴다기보다는 자녀 교육을 위해 왔다는 생각이 들 때도 있죠."

해외연수를 끝낸 공무원들은 어떤 성과를 가지고 돌아올까?

〈보고서 검색〉

두 페이지, 네 페이지, 다섯 페이지가 전부인 보고서. 그리고 대부분이 국내 자료를 짜깁기한 국문 논문들입니다.

사정이 이런데도 연수 과정에 대한 점검이나 지도 감독이 사실상 없는 실정입니다

[권해수 교수]

"교육훈련 보낼 인원수와 예산만 확보하고 있는 거지, 그다음에 어떻게 훈련시킬지, 활용할지에 대해 아무런 계획이 없죠."

공무원들도 해외연수를 보상차원이나 당연한 혜택으로 생각합니다.

[연수 공무원]

"약간 개인보상 차원 아닐까요. 잦은 야근, 휴일반납으로 많이

지쳐서 여기서는 휴식과 보상 차원으로…"

[신영철 교수]
"연수를 통해 만회하려거든요. 그동안 내가 열심히 일한 보상받는
다는 심정이 가득하기 때문에 국민세금은 잊고 잘못된 행동…"

30년 동안 지속된 공무원 장기 해외훈련. 원래 목적은 흐려지고
덩치 큰 제도만 남아 있습니다. 그동안 나름대로 기여한 점도 적지
않겠지만 시대변화에 맞춰 대대적인 수술이 불가피해 보입니다.
KBS 뉴스 이충형입니다.

우리 '공동체의 복원'을 생각하며

겨울 빈 들녘에 소슬한 바람이 일렁인다. 청풍면 용곡리, 마을 뒷산 관봉(冠峰)에 오르면 산허리를 흘러내린 엷은 구름이 웃음처럼 퍼져나간다. 청풍 호숫가의 억새들은 찬 기운이 스며들 때마다 서로에게 몸을 파묻고 기댄다. 그리고 과거 우리 고장에 울려 퍼졌던 희망의 함성처럼 군무를 하듯 소란하게 두 손을 흔들어댄다.

백여 년 전, 나라를 빼앗기고 제천 읍내가 일본군에 의해 불바다로 변하면서 '지도상에 없는 마을'이 됐을 때 고장을 지켜낸 것은 억새풀처럼 함께 어우러졌던 '공동체 정신'이었다. 역사는 의암 류인석 장군이 의병장으로 전국을 호령할 때를 기록하지만 우리는 사방에서 들불처럼 일어난 수많은 유생들과 이름 없는 민초들의 꺾이지 않은 기개를 잘 알고 있다. 그것은 목숨을 걸고서라도 우리 공동체를 바른길로 지키고자 했던 우애였고 우리 모두의 가슴에 살아 숨 쉬고 있던 시대 정신이었다.

프랑스에서도 나치 독일에 저항한 레지스탕스 정신은 오늘날 사회를 지탱하는 뿌리가 되고 있다. 독일군을 피해 산속으로 들어갔던 레지스탕스 대원들은 한밤중에 마을 뒷산으로 내려와 밤하늘을 향해 총을 쏘아대곤 했다. 그것은 점령군 독일에 대한 경고인 동시에, 아직 마을에 남아 압제를 견디고 있던 주민들을 위한 '연대'(連帶)의 표상이었다.

필자가 파리 특파원으로 일할 때 지켜본 프랑스는 다양한 목소리가 공존해온 사회이다. 너와 나의 다름을 인정하고 상대의 견해를 존중하는 톨레랑스(관용)도 그 바탕에는 공동체를 위한 연대(solidarité)의 정신이 있다. 톨레랑스가 사람들의 정신적 토양을 이루는 가치라면 '연대'는 사람들을 움직이게 만드는 사회적 동력이 된다.

1972년의 일이었다. 유례없는 태풍이 휘몰아치면서 의림지의 제방이 무너진 적이 있었다. 거센 바람과 함께 기록적인 강우량이 쏟아졌고 저수지 둑은 힘없이 터져버렸다. 의림지 아래, 비옥하고 너른 황금 들판은 금세 물바다가 됐다. 하지만 공동체는 모두가 너나없이 팔을 걷고 복구에 나서는 데 힘을 모았다. 이내 제방을 고쳐 지었으며 수해의 아픔을 이겨냈다. 심지어 떠내려가는 공어(빙어)를 잡아 모은 뒤 의림지에 도로 넣는 일을 한 주민들도 있었다고 한다.

이렇듯 연대의 전제는 공동선(common good)에 있다. 어느 곳에서나 연대는 모든 이가 동의하는 '보편적 가치'에서 출발한다. 사익을

뛰어넘는 공동이익, 법과 규범의 준수, 약자에 대한 배려, 상식의
지배, 헛된 갈등과 분열에 대한 경계, 건전한 공론장, 실천적 우애…
이런 것들이 공존의 원리와 틀이라고 할 것이다.

　추운 계절을 지나고 있다. 우리는 얼마나 열심히 달려왔던가.
봄을 기다리며 우리 사회에 주어진 현실이 힘겨울수록 서로에게
기대고 보듬는 공동체 정신의 복원을 꿈꾸게 된다. 겨우내 모두가
함께 불을 지필 수 있는 땔감을 쌓아 두어야겠다. 청명한 햇살만큼이
나 밝고 선한 사람들의 공동체 정신이 우리 사회를 지켜주는 따스한
톱밥 난로가 될 것이다. 봄이 오면 희망도 온다.